时代的脉搏

首届全国百佳新闻工作者评论自选集

陈镇宏　著

广州新华出版发行集团
广州出版社
GUANGZHOU PRESS

图书在版编目（CIP）数据
时代的脉搏：首届全国百佳新闻工作者评论自选集 / 陈镇宏著. -- 广州：广州出版社，2025. 1. -- ISBN 978-7-5462-3792-3
Ⅰ. I253
中国国家版本馆CIP数据核字第2024N8Y992号

书　　名：时代的脉搏：首届全国百佳新闻工作者评论自选集
Shidai De Maibo : Shoujie Quanguo Baijia Xinwen Gongzuozhe Pinglun Zixuanji
著　　者：陈镇宏
出 版 人：柳宗慧
出版发行：广州出版社
（地址：广州市天河区天润路87号9楼、10楼　邮政编码：510635　网址：www.gzcbs.com.cn）
责任编辑：曹洪刚
责任校对：李少芳
营销编辑：姚邦涛
装帧设计：林　希
印　　刷：深圳市新联美术印刷有限公司
（地址：深圳市龙岗区平湖街道鹅公岭社区凤凰大道凤门园工业园1号A栋101、201、301　邮政编码：518111）
规　　格：165mm × 240mm
开　　本：1/16
印　　张：18
字　　数：198 千字
版　　次：2025年1月第1版
印　　次：2025年1月第1次
书　　号：ISBN 978-7-5462-3792-3
定　　价：88.00元
发行专线：（020）38903520　38903521

此生有悔

此心无移

来世不必成他人

——题记

陈镇宏，男，1948年11月11日生，广东省普宁市人氏。1962年毕业于普宁赤水小学。1965年毕业于普宁第二中学。1968年毕业于汕头金山中学。1969—1975年在部队服役。1977—1982年在中山大学哲学系读书。1982—1997年在南方日报社工作，历任理论部编辑、副主任、主任。获得首届“全国百佳新闻工作者”称号。1997—2008年任人民日报广东分社副社长，高级编辑。

光荣在党五十周年纪念（马中原 摄）

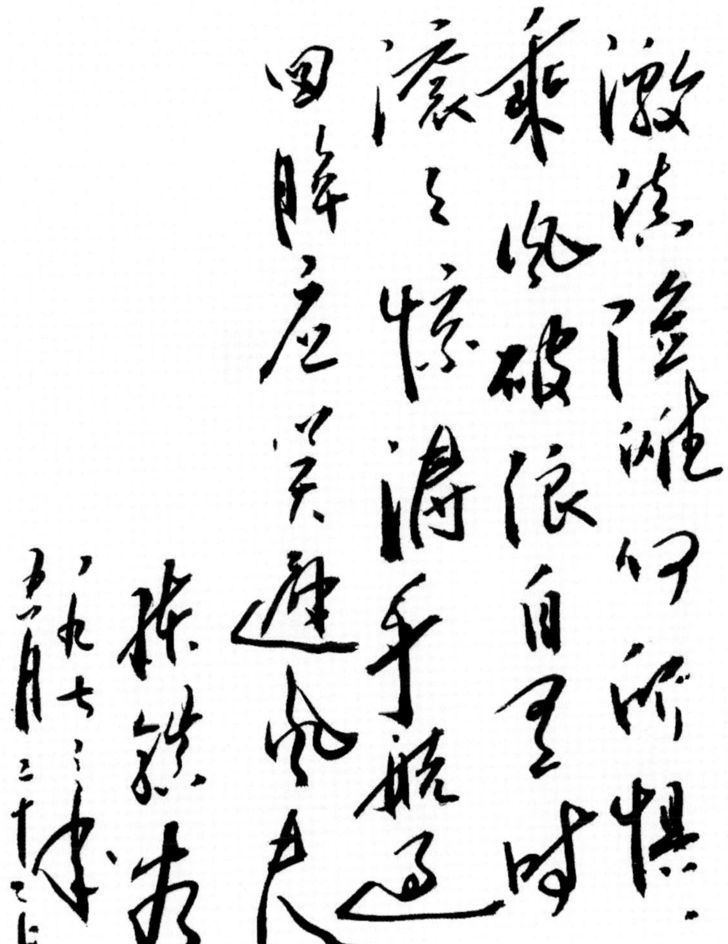

题于“求真感悟”笔记本扉页

目 录

代序一

评论员的风采

江　文

在南方日报，陈镇宏大小是个头儿——身为理论部主任，率领着五员部下。

别看他小有头衔，却不经常抛头露面，云遮雾障地躲在“本报评论员”之后。直到他被推到首届“全国百佳新闻工作者”评选的台前，人们才发现原来当一个评论员，也可以如此独具魅力和光彩。

有一个现象，或许能见出陈镇宏“修行”的功底：由他撰写的评论，每发一篇，几乎都能“见报有声”——反响来自读者，有领导的，也有群众的。写评论，能博得上下一致叫好，不容易，而陈镇宏做到了。

20世纪80年代中，广东作为改革开放综合试验区，中央是为其制定了特殊政策的。这些政策如何用？广东的干部群众固然议论纷纷，全国各地同样在纷纷议论。1988年3月，全国两会在北京召开，有传媒报道，广东的“用足政策”是“只可意会，不可言传”的东西；在此之前，不少内陆省份来广东取经，也都对“用足政策”感兴趣；更有一些人，把“用足政策”和“上有政策，下有对策”“钻政策空子”等错误做法等同起来。众说纷纭之际，1988年5月2日，《南方日报》登出一篇题为《论“用足政策”》的评论员文章，针对上述议论，作了一番正本清源的阐述，全文深入浅出，娓娓道来，充满辩证法。5月18日，《人民日报》二版全文转载。5月下旬，广东省第六次党代会召开期间，代表们总结广东经济发展的经验时，不少人引述了这篇文章。人们认为，《论“用足政策”》写出了“人人心中所有，人人笔下所无”的东西，一读而恍然，再读而豁然，确实很“解渴”。

这篇后来被评为“广东省好新闻一等奖”的佳作，就出自陈镇宏之手。饶有意味的是，1993年，陈镇宏另一篇评论员文章《再造广东新优势》，又一次成为广东人争说的新话题。

20世纪90年代以来，随着浦东崛起，全国沿海、沿江、沿边地区全方位对外开放，广东的原有优势受到挑战，有人因此而悲观。《再造广东新优势》却告诉人们，中央要求广东先走一步的大政策没有变。过去广东先走一步，是探索改革开放之路；现在广东先走一步，是探索实现现代化之路，这个新的战略目标必然为广东社会经济发展注入新的动力。这篇文章产生了始料不及的效应，省有关部门主动联系报社，联合开展了历时一年的“再造广东新优势”的大讨论。一时间，“再造新优势”成了广东不断升温的新热点。

从1985年以来，陈镇宏年年都有新闻评论和论文在省和全国获奖，而且奖次不低。陈镇宏似乎有一种特别的透析力，使他能够在千头万绪中，在众说纷纭中，把握事物的本质和走向。

从外表看，陈镇宏温文尔雅，是个稳重谦和的人。而在内心深处，他说自己有时也挺“狂”的。

陈镇宏生长在潮汕平原一个普通农家，虽无家学渊源，却天生极好读书。“文革”如火如荼之时，他正在一所省重点中学念书。同学大都忙于轰轰烈烈地“闹革命”，他却躲进校园一个杂物仓库读书。在两年多时间里，他读了许多理论书籍。酷爱理论探索的慧根，便是在那个乱哄哄的年代种下的。

高中毕业回乡，紧跟着应征入伍。陈镇宏被分到广东省委警卫连，这给他读书和思考带来了许多便利。他的思考又陆续变成铅字见诸《南方日报》。但遗憾的是，他复员回乡，下田干活了。直到恢复高考后，他成了中山大学哲学系77级的学生；毕业分配，又如愿以偿进了南方日报理论部。此处尤值一提的，是他的毕业论文。20世纪80年代初，《中国青年》杂志发表了潘晓的一封名为《人生的路为什么越走越窄》的信，由此引发了一场牵动千万人的大讨论。陈镇宏从一开始就关注于此。他觉得那场讨论反方的声音很生动，正方的声音却显得干巴。当代青年的迷茫心态激起他的社会责任感，作为一名新时期的大学生，他为自己的毕业论文选择了一个重大命题——《相对主义人生观在青年中的影响》。他富有创见的观点受到国内青年问题研究专家的注意，中国社会科学院和湖北省社会科学院的内部刊物都登载了此文。1983年，他又据此文改写出了《相对主义人生观剖析》，发表在《江海学刊》，并被《新华文摘》转载。

大学时代的陈镇宏，坚持独立思考，而不人云亦云。这种素质使他在后来所写的评论中，常能见人所未见，敢于道众所未道，有独特风格，有创新精神。

陈镇宏并不讳言："每一篇评论都写得很苦。"最苦的一次，大约要数1989年初那一回。他一口气写下五篇评论——《莫以一时得失论改革》《改革的道路不可能直而又直》《积极的方针需要积极的态度》《商品经济与消极现象》《同舟当共济》。报社把撰写这组评论的任务交给他，要求很明确：针对当时思想领域的混乱状况，消除人们对改革开放产生的种种疑虑，给广大干部群众鼓劲。他知道担当此任不易，时值春节，年也没过，日夜不停地写；妻子说他"自找枷锁扛"，他浑然不觉，投入至极。评论一篇一篇地发，发到第三篇时，当时的省委书记林若，在一次全省会议上表扬说："《南方日报》连续发表了三篇评论员文章，针对目前普遍存在的思想疙瘩进行教育，这很好。"这组评论，主题鲜明，针对性强，说理透彻，语言生动，机关、部队、企业赞扬它是进行形势教育的"及时雨"，基层单位纷纷用它作辅导材料。陈镇宏的评论语言平实，寓意深刻。他善于分析研究复杂的社会问题并发表意见，得到了社会广泛共鸣，展示评论员的风采。

陈镇宏写的评论，绝少干瘪空洞的说教，更无盛气凌人的训斥，多有一种深沉与厚实，有一种言者谆谆的亲切之感。除此之外，历览他所发表的理论文章与新闻评论，还有一条很清晰的思想主脉，那就是对国民素质和人文精神的关注。

这种关注，早在他探讨青年人生观的大学毕业论文中已见端倪，之后更是一发不可收。1987年，陈镇宏去广东沿海采访，发现一些地方经济上去了，高级宾馆林立，农村学校却危房依旧。痛心之余，他写出了署名言论《"寒童"的呼唤》，把这一现象提到“没有教育的现代化就没有广东的现代化”上来认识。文章激起了人们的强烈共鸣。此文见报于当年5月25日，许多老师和家长说，这是“六一”儿童节送给孩子们最好的礼物。

1992年，羊城骤然兴起一股“追星热”。陈镇宏敏锐地抓住这个问题，深入学校与教师、学生座谈，撰写了《少年朋友，站起来》一文，从较高层次上分析少年偶像崇拜的社会心理原因。文章发表后，不少教师和青少年问题研究工作者纷纷打来电话，赞扬文章写得好。陈镇宏所提出的“精神断奶”“自我迷失”“挖掘自身潜力”等观点，得到大多数人的认同，形成共识。羊城“追星热”也随之大为降温。

对国民素质的关注，最终归结为对现代化的关注。多年来，陈镇宏的思考总是围绕于此，拳拳之心，跃然纸上。1994年底，《南方日报》一篇立论新颖、视野开阔的评论员文章，成为全省读者的“兴奋点”。此文的题目就已出手不凡——《来一次城市“包围”农村》。文章提出新时期要实行战略重点的转移，充分发挥城市的政治、经济、文化的辐射功能，带动农村实现工业化、城市化，这样才能谈得上全面实现现代化。《人民日报》等报纸先后摘登了该文的观点。广东读者赞曰：“文章立意很高，眼光深远，读到如此清新的‘官方言论’，是许久以来的第一次。”

别以为陈镇宏注视现实的目光总是那么冷峻。事实上，他有一种颇类于“催产婆”式的温柔。他说：“社会舆论的责任不是去夸大消极现象，而是寻找克服它的条件，动员公众积极铲除旧地基，建设新大厦。这就是说，包括评论在内的社会舆论要为新文明的诞生提供精神上的动力，使社会母体在分娩的痛苦挣扎中挂上微笑的泪花。”

言为心声。在这里，我们听到了陈镇宏的心声。

（本文原载于《新闻战线》1995年第7期。首届“全国百佳新闻工作者”奖项评出后，人民日报社主办的《新闻战线》杂志负责人打电话约写获奖者陈镇宏的人物通讯，应约而作本文。作者系《南方周末》原主编江艺平。文章发表时，作者用“江文”的笔名。）

代序二

寓针砭于对照说理之中
——简析《“寒童”的呼唤》的说理艺术

胡文龙

教育是国家现代化经济和文化建设的基础，也是我国物质文明和精神文明建设成败的关键。然而，我国教育事业底子薄，文盲众多，目前我国教育事业又面临经费不足、办学条件不尽人意的严重情况。发表于1987年5月25日《南方日报》的小言论《“寒童”的呼唤》，正是抓住了这一全国人民普遍关切的问题立论，做到“呼唤及时”，切中要害。

这类论题近几年来不少评论时有论及，这就给写作同类论题的作者增加了难度。怎样将这类严峻的论题写出新意，这成为一些评论作者面临的新课题。《“寒童”的呼唤》一文正是敢于正视困难，又别具一格地运用了寓针砭于对照说理之中的立论方法和说理方法，达到了既适时，又得法，颇具新意，使人入耳入脑的良好效应。该文发表以后深受读者好评。下面着重就这篇小言论的主要写作特点作些具体评析和介绍。

老题独具新意

这篇文章一个明显特点就是立论新颖。老论题何以能写出新意呢？在分析缘由之前，先请大家阅读全文[①]。

老论题何以能够写出新文章？从文章的写作方法尤其是立论方法来看，一是立论角度新。此文不是一般地停留在正面论述修缮危房的重要性之类的空道理，而是采取了新的角度，运用针砭的方式，着重批评某些党政领导部门只重视追求眼前利益，为建造楼堂馆所乃至富丽堂皇的高级宾馆大兴土木，而恰恰忽视尤为迫切的涉及祖国未来命运的中小学校舍的兴建和修缮工作。立论着眼于直接转变各级领导传统狭隘的思维观念，即单纯追求眼前的经济效益而忽视为实现长期目标而进行智力投资。所以，对待改善中小学的办学条件“非不能也，是不为也”。从这一角度立论，好比医生针灸对准了穴位，也好比射箭击中了靶心。通过调动舆论的力量，无疑有助于推动问题的解决。

二是见解新。很多领导十分重视楼堂馆所的兴建，至于修缮学校危房、扩建校舍，有关部门就会借口没有资金而一再拖延推脱。此文妙在通过揭示上述矛盾现象，深刻分析两者在现代化建设中的内在联系，引发出奇制胜的观点：“在一个文盲充斥的国家里，是不可能实现现代化的。”高级宾馆只是社会现代化的表层标志，而未来的现代化事业则是取决于教育。这些见解闪烁着智慧的光芒。

三是标题构思新颖。改以往类似言论标题惯用的由上而下指令式的静态口吻为自下而上进行呼唤的动态方式。这样尤能

---

① 编者注：《“寒童”的呼唤》全文见本书第一章（第31页）。

赢得人们同情，吸引人们阅读，使人入耳入脑。再说“寒童”一词是由杜甫《茅屋为秋风所破歌》一诗中的“寒士”转换而来。“寒士”泛指古代贫困的知识分子。“寒童”则借喻当今境遇不佳的儿童少年，也即未来的知识型人才。由古“寒士”引出今“寒童”，且以“寒童”的身份进行呼唤，不仅词约意丰，而且格外显出幽默、机智，引人深思。

四是方法新。文章没有采用正面入手、开门见山的常用立论方法，而是别有奇趣地运用联系和对照的思维方式和叙议手法进行立论和说理，格外显出行文博古通今、左右逢源、褒贬鲜明、催人清醒的良性效应。

对照说理见优势

文章使用了反复对照的方法叙事说理。全文至少有四层明显的对照：一是目前大量兴建业已过剩的高级宾馆与现实存在的大量无人问津的破漏校舍所形成的令人不安的对照；二是身任要职、身居现代化楼馆一味追求舒适享受的某些“暖士”与身居危屋仍孜孜求学的“寒童”所形成的“寒暖”对照；三是古代著名诗人杜甫身居破漏茅屋却日夜盼望天下“寒士”都能住进广厦的高尚风格，与当今有些身居要位的“暖士”却一味建造现代化楼馆而对长期处于危境一心求学的“寒童”漠不关心的官僚主义作风所形成的鲜明对照；四是重视教育的成熟领导者（以粤北山区某乡党委书记为代表）与不重视教育缺乏政治远见的领导者所形成的褒贬对照。

以上四个层次的对照涉及古今对照、正反对照、褒贬对照，几种方法交错运用形成了说理寓意深刻而又生动活泼的格局。为了使对照产生良好的效果，文章还善于选用贴切的对比物。如：引用恰当的古人的诗句，输入两则作者的所见所闻，即来自乡下的朋友带来的乡间校舍破漏、伊伊学子苦不堪言的信息，以及作者在粤北山区所见的一位乡党委书记重视教育的言行。这些对比物或有形或无形，但都具有典型性，有利于增加文章的信息量，拓宽联想的领域，形成强烈的反差效应。

深刻性来自辩证的思维方式

这篇小言论的特点还在于，作者摒弃了表面的、孤立的、静止的、片面的思维模式，以及非黑即白两极式的绝对化思想方法，而代之以辩证思维方式。这种科学的思维方式首先表现在思维的全面性。如文章所说："并不是说宾馆可以不建，更不是说要把宾馆改成校舍，自然也不是说要把校舍建得像宾馆那样富丽堂皇。但用抓宾馆的劲头抓校舍，总是可以的吧？"这个论点实事求是，分寸适度，没有片面性，使人不能不接受。

其次，表现在善于在普遍联系的基础上由表入里地思考问题。诸如由古代杜甫所描述的"茅屋""寒士""广厦"的理想追求，联系到今日的"破漏校舍""暖士"和"高级宾馆"不相协调的矛盾现实，由古时的"寒士"引出当代的"寒童"，又由当今林立的"高级宾馆"联想到众多的校舍亟待修缮。正由于超时空的广泛联系，使文章妙趣横生、意味深长。

第三，表现在巧妙运用发展的观点分析事物。诸如："如果说，当年杜甫以诗人的浪漫主义去同情'寒士'，那么，今天我们应该以实践家的现实主义来关心'寒童'。在一个文盲充斥的国家里，是不可能实现现代化的"，这是由古及今的发展观；“要使今天的少年儿童成长为祖国未来的栋梁之材，就需要有良好的教育”，这是由今天推及未来的发展观。由过去想到今天，又由今天推断未来，通过对过去、现在、将来这一历史发展过程的思考，不仅论证了办好教育的重要性和迫切性，而且使文意增添了幽默情趣。

第四，表现在字里行间渗透着对立统一的思维方式。例如：揭示了“茅屋”与“广厦”的对立统一关系，揭示了高级宾馆与破漏校舍的严峻的矛盾现象，从而迸发出“如果少建一间高级宾馆，能维修多少校舍？”的奇想。此外，还寓理于喻，揭示了“花朵”与“土壤、阳光和雨露”即少年儿童的茁壮成长与良好的办学条件之间的辩证关系。

由上可知，由于思维方式合乎科学性，这就使作者的见解富有远见卓识，也使言论大大增强了分析说理的深刻性和理论色彩。

当然，文章也有不尽完美之处。例如，似可对一些来自领导部门的忽视改革办学条件的种种借口，择其一二巧妙地作些思想交锋，使之于“呼唤”之中辅以必要的论辩，以增强说理的明确性。再如，为了突出校舍破偏、办学条件过差的普遍性及其严重后果，有必要援引一些点、面的数据和例证予以佐证，这样将会增加文章议论的深度和力度，从而争取和增强社会舆论的共鸣度。

（本文选自《新闻与写作》1989年第2期和《小言论写作方法系列谈（修订本）》。作者胡文龙，中国人民大学新闻学院教授。）

第一章 时事评论

把握时代的脉搏

人们常说，评论是报纸的旗帜。这句话有两方面的含义：一是报社（其他新闻机构亦然）通过评论直接、鲜明地表明自己的观点和主张，并影响公众，引导舆论；二是社会公众通过评论去判别报纸的政治倾向及其思想水平，并据以确定其“可信度”。这是双向交流、双向选择的关系，而选择的主动权，则操之于公众。

明确这种关系，对于写评论至关重要。当我们提起笔来撰写评论的时候，不要把自己摆在教训人的位置上，而应该把读者看作说知心话的朋友，把话说到读者的心坎上。评论写得好不好，说得是否在理，最终要由人民来评判，由历史来检验。因此，我们要抱着对人民、对历史负责的态度，谨慎地交出每一份“答卷”。

俗话说得好“有理走遍天下，无理寸步难行”。所谓“理”，就是对客观事物的正确认识。由于人们所处的环境不同，看问题的角度不同，对同一事物或社会现象有不同的看法，这是正常的。问题在于，如何排除各种偏见，使评论尽可能地接近真理，而不是与真理背道而驰呢？我想，除了要抛弃唯上、媚俗之类的不良习气之外，从思想方法上说，就是要在科学理论的指导下，把握时代的脉搏——时代的主体精神、社会发展的总趋势。这是我们观察问题和分析问题的基本出发点，也是我们能够“站得高、看得远”的制高点。

我们这个时代是社会大变革的时代：经济在变革、技术在变革、生活在变革、观念在变革、心理也在变革。我们所面临并正在进行的这场变革，其深刻程度是空前的，其艰巨程度也是空前的。我国已经历了几千年的农业社会，现在正在向工业社会转变。农业文明与工业文明是不同质的文明。从世界范围看，工业文明的诞生要经历极其痛苦的社会“阵痛”——新与旧的撞击，火与血的洗礼。我国是在社会主义条件下实现这种历史转变的，新文明的诞生肯定能够顺利得多。但是，社会“阵痛”仍然是不可避免的。12亿人告别旧的生活方式与生产方式，并不是一件轻松的事情。

据说，汽车在转弯的时候，乘客容易失去平衡。于是，体弱者会呕吐，胆小者会发出惊叫。一时间呕吐声、惊叫声掩盖了乘客的主体心理：希望汽车继续前进。从感情上讲，应该同情弱者，让汽车停下来。但是理智告诉人们，只有继续前进，才有希望。社会的变革就更是如此。新文明是人们所希望的，但对所要付出的沉重代价却缺乏足够的准备。新生活是人们所向往的，但对旧生活总有几许留恋——旧事物是那样“完美”，新事物却是那样幼稚。所谓“端起碗来吃肉，放下筷子骂娘”，正是这种矛盾现象的生动写照。但是，“骂娘”之声毕竟掩盖不了“吃肉”的现实。人们“骂娘”并不是为了回到过去，而是希望将来更好。因此，我们必须紧紧把握时代的主体精神，不要为部分人一时的情绪所迷惑。须知，许多消极的情绪往往包含着积极的动机。社会舆论的责任不是去夸大消极的情绪，而是激发积极的动机，通过扩大积极因素去化解消极因素。同时，社会变革过程中出现的许多消极现象，是与克服它的条件同时产生的。社会舆论的责任不是去夸大消极现象，而是寻找克服它的条件，动员公众积极铲除旧地基，建设新大厦。这就是说，包括评论在内的新闻舆论要为新文明的诞生提供精神上的动力，使社会母体在分娩的痛苦挣扎中挂上微笑的泪花。

总而言之，“评论员”——广义地说——并不是对社会变革指手划脚的旁观者，而是积极的参与者。评论员必须投身到社会变革的激流中，才能感受时代的气息，把握时代的脉搏，汲取时代的精华，表达时代的意向。

（本文原载于《中国记者》1995年第5期。1995年本人获得首届“全国百佳新闻工作者”时，《中国记者》杂志约我撰写如何写评论的文章，发表时加了编者评语，摘要如下：“陈镇宏的评论能从较高的方位透视社会问题，分析透彻、富有哲理，又形象生动、丝丝入扣，读了令人折服。他的评论中的不少语言成为广东人民的口头禅。”）

学如逆水行舟

“学如逆水行舟，不进则退”，这是我们熟悉的一句古话。意思是要激励人们向前看，不要向后看，要不辞劳苦，奋发向前。我们的学习目的自然和古人的学习目的不同。但是学习像逆水行舟一样，不前进就会后退的道理，的确给我们以深刻的启示。我们有许多同志，正是以逆水行舟、奋勇向前的精神攻读马列的书和毛主席的书，持之以恒，永不松劲，从而成效日渐显著。

但是，也有一些同志，读了几本书，懂得了几个观点，便自以为船到码头车到站，可以歇一阵子了。这种想法对于真正学懂弄通马克思主义是十分有害的。他们不懂得自己学到的一点理论，与马列主义、毛泽东思想的理论宝库相比，和人类所创造的知识海洋相比，那就相差得太远了。舟逆水而上，若不奋力向前，势必退之千丈。学习也正是这样。不在实践中继续努力学习马列主义、毛泽东思想，对革命理论知识就会感到越来越生疏，工作就会越来越被动，就必然退步、落后。学而不厌，锲而不舍，这才是我们应有的态度。

马克思主义的认识论认为，学习是一个长期的过程。知识的获得总是由近及远、由浅入深、由片面到比较全面的。逆水行舟还有到达终点的时候，可是在知识的长河中“行舟”，却是永无止境的。马克思主义的哲学、政治经济学和科学社会主义学说，是无产阶级革命导师深刻地总结了国际革命斗争的丰富经验，并批判地吸取了人类知识发展的优秀成果，才创立起严密、完整的革命科学。不下一番刻苦、认真的浩繁功夫，是无法学好的。接受革命理论的过程，就是一个不断地实践、认识，再实践、再认识的无限循环往复的过程。只有坚持不懈，才能实现从对马克思主义的无知到有知，由知之不多到知之甚多，以至自由地运用马克思主义的转化。

我们说学无止境，任何时候都不能有所松懈，还因为客观世界是不断发展变化的，人们对客观世界的认识也永远不会停留在一个水平上。即使是对马列主义、毛泽东思想学得比较好、运用得比较好的同志，也还是要不断学习。三大革命运动的伟大实践，每天都涌现出大量的新事物，提出大量的新问题。在马克思主义的指导下不断接受新事物，研究新问题，方能跟上迅速发展的形势。如果满足于现有的知识，固执于一时的见解，就会停滞不前。在新生事物出现的时候，就会反应迟钝，麻木不仁；在复杂的社会纷争中就会态度暧昧，不知孰是孰非。

（本文原载于《南方日报》1972年12月15日，收入本书时删去了末尾一小段并修改了标题。）

附文

接听陌生电话的奇遇

时下，不接陌生电话，已是人们的习惯。然而，在45年前，一个陌生电话，却引发了一段奇缘。

那是1972年底的一天，广东省革命委员会警卫连的一名年轻战士，接到一个陌生人打来的电话。对方自称是南方日报的编辑，说是你写的文章《学如逆水行舟》写得很好，但因有关“学习”的文章已发过了，就不再发了。希望以后坚持写作，继续来稿，云云。年轻战士颇为激动，连道感谢，末了斗着胆子说，报纸发表有关“学习”的文章我都看了，我这一篇角度不同，主要是强调学习要有恒心，有毅力，才能见成效。

令年轻战士想不到的是，对方竟说，文章确实写得不错，我们再考虑考虑。

更令年轻战士想不到的是，过了几天，文章竟然刊登出来了，题目改为《学习要持之以恒》（见《南方日报》1972年12月15日第三版）。

1966—1976年，《南方日报》《羊城晚报》《广州日报》三报合一，广东省只有一份报纸，每天只出4个版。写稿的人很多，版面很少，一个高中未毕业（我是老高一）的青年战士的习作能在《南方日报》刊登，使我受到了巨大的鼓舞，从此一直持之以恒学习，持之以恒写作。

说到这里，该解密了。向陌生人打电话者，是时任南方日报理论组副组长（即理论部副主任）马镇坤。那个陌生人，即是鄙人，陈镇宏，时年24岁。45年过去了，回想起来，那个陌生电话仍历历在目——连队通讯员接电话后走出连部大喊：三班长，电话！我满腹狐疑，怎么会有人给我打电话？跑步到连部接听，原来是报社打来的，一是高兴，二是感动。

那时向报社投稿，并不知道报社分为这个部那个部，只写“南方日报编辑部收”，而且也不懂得留电话号码。老马为了给陌生的作者打电话，通过广东省革委会总机转到警卫连。如此周折，如此用心，老马的那份盛情，那种敬业精神，真让我终生难忘。

人的一生总是会遇到各种各样的人和事，遇即是缘。因缘际遇，因与果相互交错，构成了各个人的人生轨迹。其中，能给人留下深刻印记的奇遇，则可遇不可求。45年前的那个陌生电话，确是一次奇遇。如果说，1972年老马那个电话向我打开了写作之门，那么，10年后老马则向我打开了南方日报理论部之门。

1977年恢复高考，我考上了中山大学哲学系。毕业后，1982年老马把我招入了南方日报理论部，成为理论部的一名编辑。后来，我又步老马的“后尘”，成为理论部副主任、主任。

在马镇坤身边工作是很享受的。他方向明确，思路清晰，不会有东奔西突的疲惫，也不会有无所适从的迷茫；他点子多，那种实用智慧让你学到很多东西；他要求严格，使你认真做事，努力工作，增长做事的本领；他循循善诱，从不发火，使人工作起来心情愉悦，效率倍增。老马身上有着一以贯之的稳定性，那就是坚持原则、从善如流、广结善缘。采用稿件一视同仁，不搞亲亲疏疏，展示做人做事的原则性；善于听取不同意见，博采众长，展示宽阔的胸怀；与人和气，广结善缘，展示大格局。仔细想来，那个陌生电话并非老马一时兴之所至，而是他的稳定性的自然流露。这也许是解读马镇坤的一个密码。

就在写这篇稿子期间，有一次朋友聚会，我谈起了这次接听陌生电话的奇遇。在座一位认识马镇坤的朋友说：“老马这个人心很大。”“怎么说？”我问。答曰：“他总是笑眯眯的，心里什么都装得下。”诚哉，斯言。

（本文原载于《当代岭南文化名家·马镇坤》，广东人民出版社，2018年3月第一版。）

脸脏不要怪镜子

镜子是人们日常生活的必需品。上班之前，下班之后，逛公园，会亲友，都少不了要照照镜子，使仪容端正，美观整洁。这是人之常情，也不失为文明的习惯。

然而，在生活中，还另外有一种镜子，可以用来照见政治上的污点、思想上的灰尘，这就是人民群众。一个人的行为，总是要在群众中得到反映，或表扬，或批评，这是再清楚不过的了。有些人就不太喜欢照这种镜子，脸上有了污点，自己毫无所知，还自以为清白得很。倘若有人捧上镜子让他照一照，他还要勃然大怒："你这不是存心让我出丑吗？"自己脸上有污点，却要怪镜子，当然是可笑的。殊不知镜中人是现实人的真实反映。人民群众这面镜子是最公正、最忠实的，谁美谁丑，一照便知。要说出丑，那是因为自己本来就不干净。自从粉碎"四人帮"以来，我们广大干部的作风有了很大的转变。但是也应当看到，有些人脸上还有各种污垢，譬如说特权思想，官僚主义，独裁专断，等等。这是众所周知的事实，即便把镜子砸了，它还是存在着。把脸上的污垢归罪于镜子出丑，用哲学家们的话来说，叫作颠倒了反映者和被反映者的关系，那是一种主观唯心主义。

要使自己不出丑，不仅不应该怪镜子，而且应该照镜子。我国历史上比较有作为的政治家唐太宗曾经说过："以铜为镜，可以正衣冠；以古为镜，可以知兴替；以人为镜，可以明得失。”唐太宗本人正是因为勇于照镜子，能够吸取历代王朝“兴替”的教训，注意从大臣们特别是魏征的“进谏”中明自己的“得失”，因此干出了一番赫赫的政绩。但是，唐太宗“明得失”的目的，在于巩固自己的家天下。他之“以人为镜”，也只是以几个比较开明的大臣为镜，不可能以人民大众为镜，毕竟有很大的局限性。我们党是无产阶级政党，是以全心全意为人民服务为宗旨的，因此，能够接受广大人民群众的监督，以人民为镜，彻底地改正一切不符合人民利益的缺点和错误。

密切地联系人民群众是我们党区别于其他任何政党的显著标志之一。我们党执政以后，各级干部手中有很大的权力，要保持革命战争年代的优良传统和作风，党内的民主和监督极端重要，而接受广大人民群众的监督和批评，不能不说是一个根本性的条件。当前，党中央把党风问题作为执政党生死存亡的重大问题摆到全党的面前，表明了按照《党章》检查、纠正不正之风的坚强决心。人民群众是党员和党的干部执行党的各项规定的镜子，奉劝沾染了不正之风的同志，脸脏不要怪镜子，请勇敢地照一照，把污垢彻底洗干净。

（本文原载于《南方日报》1981年1月19日。）

平均主义是小生产者的空想

平均主义作为一种对美好的社会制度的憧憬，由来已久。距今2400多年前，孔子在《礼记·礼运篇》中就描述过这样一个大同世界：天下为公，人人劳动，大家和睦共处，路不拾遗，夜不闭户。生活在社会底层的人民群众，历来希望能够出现自己的理想社会。宋朝的钟相领导农民起义，提出了“等贵贱、均贫富”的口号。近代洪秀全起义时，更是描绘了一个农民的“太平天国”：有田同耕，有饭同食，有衣同穿，有钱同使，无处不均匀，无人不饱暖。

古代小生产者及上层知识分子的原始共产主义思想，对近代空想社会主义思潮有极大的影响。16世纪初期，英国的莫尔写了空想社会主义的第一部著作《乌托邦》，幻想着海上有一个仙岛，岛上繁花似锦，清静秀丽，人们过着集体生活，财产公有，分配平等。18世纪中期，以法国的摩莱里和马布利为代表的社会主义思潮，幻想“人人都是富人，人人都是穷人”，绝对平均地分配消费品。摩莱里甚至认为要住一样的房子，30岁以下的人穿一样的衣服。同一时期，法国的巴贝夫也主张在各个人之间实现“没有任何差别的绝对的平等”。由此可见，平均主义是小生产者的一种美好的愿望，源于小生产者平分一切财富的心理。

平均主义作为小生产者的平等观念，是小农经济和手工业生产的必然产物。它在历史上产生和发展有着内在的根据，并且起过积极的作用。特别是在农民起义的过程中，财产公有和人人平等的思想对号召和鼓舞群众的革命斗志，起着十分重要的作用。但是，小生产者的平均主义的平等要求是建立在十分低下的生产力水平上的，能够“平均”的社会财富实在不多，因此必然表现为禁欲主义，并且往往带有浓厚的宗教色彩，是一种共同贫困的平等观。

历史的经验告诉我们，平均主义是小生产者的原始共产主义空想。只有随着大工业生产和商品经济的发展，物质财富充分涌现，才能逐步实现共同富裕。而共同富裕并不是平均主义，不是平分社会财富，人们对这一点应有充分的认识。

（本文原载于《南方日报》1983年2月21日。）

画竹多于买竹钱

清人郑板桥曾写过两句诗："画竹多于买竹钱，纸高六尺价三千。"这两句诗看似平平，其寓意却颇费思量。

六尺之画，价值三千。如果用这些钱去买竹，那简直可以堆成小山。为什么画竹的报酬会远远高于种竹？原因就在于种竹是一种简单劳动，每一个发育正常的人都能做到。而画竹则是一种复杂的劳动，必须经过专门训练才能做到。因此，在劳动报酬上便体现出这种差别。

当然，郑板桥当时只不过凭直觉意识到复杂劳动的报酬高于简单劳动，未必懂得其中道理。且不说在手工劳动的清代，就是在机器生产已相当发达的今天，仍有相当部分的人不懂得为什么"画竹"的报酬应多于"买竹钱"。比如说，某单位给知识分子的岗位补贴多一点，有人就说，我们在车间辛辛苦苦出大力，他们坐在办公室轻轻巧巧地"画"，凭什么多拿钱？某单位给住房困难的知识分子分一套房子，有人就说，我在这个单位工作时间比他长，还未分到房子，为什么要先分给他呀？在这些人看来，工人的劳动是第一线的，理应多得报酬；在一个单位工作时间的长短是贡献大小的唯一标准。这些思想，反映出人们对知识分子的传统偏见根深蒂固。

过去千百年来，脑力劳动同体力劳动是分离和对立的。那时的知识分子一般只从事精神生产，画画竹，吟吟诗，大都同物质生产没有直接关系。而当时的物质生产只是手工劳动，劳动者凭已有的经验和知识就可以进行劳作，用不着更多的科学知识。于是，人们头脑里就形成了脑力劳动不创造物质财富的传统观念。

但是，自从机器生产取代了手工劳动，随着科学技术知识在物质生产中的广泛应用，脑力劳动在形成商品的价值中所占的比例越来越大。一个重大的发明创造往往能够大幅度提高劳动生产率，使劳动人员减少，产量和产值增加，这说明产品中凝结的脑力劳动量增加了。在同样的时间里，复杂劳动比简单劳动创造了更大的价值。因此，让创造了更大价值的脑力劳动者获得更多的报酬，是完全符合按劳分配原则的。我们还必须看到，给予脑力劳动者较高的报酬，提高他们的劳动积极性，使他们的智力在劳动中物化为更多的价值，这不仅是按劳分配的要求，而且是社会发展的基本要求。当今世界，无论是哪种制度的国家，也无论是发达国家还是不发达国家，脑力劳动者与体力劳动者的工资都有相当大的差距。为了迅速发展我国的科学文化，加速社会主义现代化建设的进程，在劳动报酬和生活条件方面体现脑力劳动的特殊性，仍然是当前一项重要的任务。

（本文原载于《广州日报》1985年8月2日。）

“三大件”的变迁

“三大件”之说起于何时，颇难考证。笔者孤陋寡闻，也不甚了了。这里并非写“三大件”的变迁史，只不过提供某些线索，以备有志考证者之用。

我想，在20世纪50年代，人们不可能去追求“三大件”。那时我年纪还小，但听大人们议论未来共产主义的美景，也不过是天天有饭、有肉、有蛋吃，至于家中还应该有几大件，似乎并没有想到。这并非那时人们的想象力太差，而是一定的社会需求，总是同一定的社会生产能力相适应的缘故。

在20世纪60年代初期，饿得发昏的人们就更不可能去追求什么“三大件”了。只是在生产力发展起来之后，肚子饱了，手上还有点余钱，商店里又有“件”可以买，这才想到需要食物以外的东西。这就是60年代中期以后人们开始追求手表、单车、缝纫机的原因。尽管这种追求不断地受到“史无前例”的批判，但是，经济力量总是不顾一切阻力为自己开辟道路。这是任何说教也压制不了的。

回想起来，最初的“三大件”——手表、单车、缝纫机，其实都是实用品，不过是计时、交通、裁衣的工具。“三大件”从实用型向享受型发展，那是20世纪70年代末80年代初的事了。政治上、经济上、思想上清除“左”的那一套，使人们从禁欲主义解放出来，敢于言富、敢于言享受了。于是，历时十几年的“三大件”很快就为新的“三大件”——黑白电视机、收录两用机、洗衣机所取代。而正当许多厂家一哄而起生产新的“三大件”的时候，在比较富裕的地方，人们又在追求着更新的“三大件”——彩色电视机、音响组合机、电冰箱。这一次“三大件”的更新换代，其速度之快，超乎人们意料。

从“三大件”变迁的过程中，人们具体地而不是抽象地感受到近几年经济发展之快、形势之好。如果不是“信而好古”的那一类人，也当然会得出结论说：中央关于改革的政策是正确的。“三大件”的变迁，正是我国生产结构和消费结构变化的一个缩影，显示着我国人民生活正从温饱型逐步向小康型过渡。

当然，最新一代的“三大件”在我国现在毕竟还没有达到普遍都享用的程度，有些人愿意紧缩其他开支来换取新“三大件”，固然无可非议，但有些人为取得这类消费品而搞歪门邪道，就大谬不然了。

（本文原载于《南方日报》1985年12月4日。）

有感于梁启超游欧

近日翻书，偶然发现有关梁启超游欧的记述，颇感兴趣。

那是在第一次世界大战后，梁启超到西欧游历，回来写了一本《欧游心影录》。用今天的话说，就是游欧印象记吧。他老先生的印象如何呢？原来，有一些西方人面对战争留下的满目疮痍的局面，认为还是田园诗般的东方好，应该学习中国的传统文明。因此，梁启超说："人家还要向中国学，我们更应该好好保存传统文化。"

这是半个世纪前的事了。不料近来有人出洋之后，也有类似的"心影录"。他们颇为感慨地说，在许多经济发达国家，不少先知先觉之士呼吁向古老的东方文明、礼仪之邦学习。我们呢？则玩命向人家今日追赶，等到像人家今天的样子，再回头拣起咱们看家的宝贝，那就迟了。

这是偶然的巧合，还是历史开了个小小的玩笑？

梁启超曾是百日维新的风云人物。那时候，他主张学习西方，从根本上变法，在一定程度上企图把西方资产阶级的政治制度和伦理道德观念引进中国。可是到了"五四运动"前后新思潮广泛传播的时候，他却采取维护"国粹"的态度。这类现象，有些历史学家有过很好的研究。他们认为，我国近代史上不少立志改革的先进人物，曾奋起冲决封建网罗，而最后又怯懦地自陷于网罗，其原因，就在于历史惰力纠缠着活人的脑袋。这种惰力，就是鲁迅所指出的我们民族沉重的因袭负担。

可怕的祖传老病。

的确，鲁迅曾毫不客气地斥责那种认为“外国物质文明虽高，中国精神文明更好”的人为“自大狂”。这话，在今天仍然值得深思。在我们一些人看来，对外开放不过是引进先进的科学技术，至于思想文化，那都是“腐朽”“颓废”“无聊”的货色。总怕别人来污染我们“纯洁”的灵魂。“纯洁”固然可贵，但纯之又纯则要退化。文化有类似生物的杂交优势，“排污不排外”，这才能发展。我们引为自豪的古代文明不正是吸取世界文明的优秀成果而发展起来的么？死抱“国粹”的宝贝其实是对优秀传统的扼杀。人家敢于学习东方的古代文明，我们何以就非得拒绝西方的现代文明呢？

腐朽、颓废的思想是不可能创造科学的奇迹的。科学技术不过是表面的东西，在素质落后的人手里，也许就是一堆废物，很难说能够真正运用，更谈不上发展了。承认落后并不是什么耻辱，倒是需要勇气的。对外国的思想文化要采取开放的态度，邓小平同志早有论述。他指出，不仅要承认我们的自然科学落后，而且也应该承认社会科学的研究工作也落后。他号召思想理论工作者克服夜郎自大的毛病，认真阅读外国重要的社会科学著作。

“夜郎自大”是什么毛病？自称体质最好，而见到几只苍蝇就神经过敏，连饭也不敢吃，那个自信心恐怕应该大打其折扣。

（本文原载于《南方日报》1986年4月28日。）

“寒童”的呼唤

有朋自乡下来，谈起孩子上学的问题，连连摇头叹息。原来，村小学教室破漏，门窗损缺，冬不挡风，夏不避雨，莘莘学子，苦不堪言。更有甚者，有些教室已成危房，而迟迟未能修复，孩子们多么希望有坚固的教室来读书呀。

杜甫曾写过一首长诗，名曰《茅屋为秋风所破歌》。茅屋被风雨所摧损，困窘已极，还“歌”什么？杜老夫子从自己的困境联想到普天之下正在忍饥挨饿者，于是突发奇想：“安得广厦千万间，大庇天下寒士俱欢颜，风雨不动安如山。呜呼！何时眼前突兀见此屋，吾庐独破受冻死亦足！”一个穷愁潦倒的知识分子，心中想到的却是天下千百万“寒士”，可见其品德之高尚。

现在，比杜甫当年所能想象得到的还要高级千百倍的“广厦”，已矗立于神州大地。远的不说，广东近几年来遍及大中城市的高级宾馆，数量之多，建设速度之快，为全国所瞩目。这些高级宾馆，或雄伟壮观，或小巧玲珑，确有点现代化的味道。这是我们所引为自豪的。

如果说，当年杜甫以诗人的浪漫主义去同情“寒士”，那么，今天我们应该以实践家的现实主义来关心“寒童”。在一个文盲充斥的国家里，是不可能实现现代化的。热心于建设现代化“广厦”的“暖士”们，也要给现代化教育事业以必要的热心。据说现在高级宾馆已有过剩之虞，于是我也有一个小小的奇想：如果少建一间高级宾馆，能维修多少校舍？我的意思并不是说宾馆可以不建，更不是说要把宾馆改成校舍，自然也不是说要把校舍建得像宾馆那样富丽堂皇。但用抓宾馆的劲头抓校舍，总是可以的吧？

前不久到粤北山区，一位乡党委书记在介绍他们从微薄的收入中拨出专款办教育时说："乡的未来并不取决于我，也不取决于乡干部，而是取决于教育。教育跟上去了，就能够改变山区人落后的素质，为现代化建设提供合适的人才。"一个乡的书记具有这种远见卓识，确实令人钦佩。

我们常说，儿童是祖国的花朵。是花朵，就需要肥沃的土壤、充足的阳光和雨露，否则，就会枯萎。要使今天的少年儿童成长为祖国未来的栋梁之材，就需要有良好的教育。且不敢企望把现在破漏的"茅屋"都变为高级的"广厦"，倘能从各方面想点办法，使"寒童"们能够"风雨不动安如山"地专心读书学习，就功德无量了。

（本文原载于《南方日报》1987年5月25日，获1987年度全国好新闻二等奖、广东好新闻一等奖。）

文质彬彬然后君子

俗话说："爱美之心，人皆有之。"但对于什么是美，怎样才算美，却有许多不同的理解。在很长的时期里，我们只强调心灵美，却否定仪表美，把漂亮的服装、高贵的首饰、优雅的言谈、潇洒的风度，通通指斥为资产阶级的生活方式，那是荒唐的。对于人本身来说，美应当是心灵美与仪表美的统一。

孔夫子说过："质胜文则野，文胜质则史，文质彬彬，然后君子。"这话的意思是说，只注重内在品质的素朴，而不注重礼节仪表，就会显得粗野；只注重礼节仪表，而不注重内在品质的素朴，就会显得轻浮；只有把"文"与"质"两者结合起来，才是真正的"君子"。古希腊哲学家柏拉图则说得更明白："身体美与心灵美的和谐一致，是最美的境界。"

那么，何以有了美的心灵还要有美的仪表呢？从审美感受的角度说，美感具有很强的直观性。审美情感的激发是以对美的事物的形式、形象的感知为前提的。任何美的事物，都有具体可感的生动形象。人们正是通过五官感知到美的形象，引起了心理上和生理上的变化，激发了想象，才能获得美的情感。当人们走进公园的时候，看到千姿百态的鲜花，闻到清新芬芳的空气，就会觉得赏心悦目、心旷神怡，这就是美的感受。我们常说要美化生活，不仅指环境的美化，而且包括人的美化。随着物质生活和文化生活的提高，现在人们穿衣服已不仅是为了御寒，而且是越来越重视它的审美价值。造型美观、色彩协调、款式新颖、做工精细、穿着合身的个性化服饰，成为一个美的世界。

正因为人们只能通过具体的感性形式感受到美，所以内在美必须表现为外在美，才能为人们所理解和接受。外在美不仅是指长相俊秀、衣着华丽，更重要的还在于表情、动作、语言的美。如果一个人认为自己心灵很美，但却是语言粗俗、动作粗野、表情粗暴，那么人们就很难感受到他（或她）心灵之美。这种内在美与外在美的矛盾现象，在现实生活中是存在的。正因为这样，强调注重外在美就有了现实意义。在社会交往中，美的风度能给人以美感，令人亲近，这种风度美就是心灵美的外化。

外在美不仅是内在美的表现，同时还具有独立的审美价值。尽管人们对外在美的理解千差万别，但其中总是包含某些共同的成分。就人体美而言，人体各部分之间的对称、平衡、和谐、协调的关系，就是人体美的客观属性。人们在漫长的实践中，逐步认识了这些平衡关系，并给予科学的总结，就不断按照美的规律来调整自身、改造自身。现在社会上出现的健美热，就是自觉按美的规律改造自身的表现。懂得美的规律，按照美的规律塑造自身，就能够提高审美情趣，陶冶性情，避免追求各种不健康的“病态美”。

（本文原载于《南方日报》1987年5月30日。）

【背景一瞥】改革开放后，随着物质生活的提高，人们逐步追求仪表美、服饰美。健美比赛、时装表演异彩纷呈。然而有些人却对此看不惯，甚至斥之为“伤风败俗”。

本文认为，爱美是人的天性。所谓美是心灵美与仪表美的统一。审美情感的激发是以对美的事物的形象感知为前提的。内在美必须表现为外在美，才能为人们所理解和接受。同时，外在美不仅是内在美的表现，它还具有独立的审美价值。社会上出现的健美热，正是按照美的规律来塑造自身。

故园遗恨话国魂

不久前，笔者在北京学习期间，曾与数位同窗前往圆明园遗址参观。当时面对劫后残留的一堆乱石，脑海里忽然浮现一个问题：英法联军把圆明园洗劫一空，满载金珠宝贝而归，何以还要放火把它烧毁？

对此，论者历来多是谴责侵略者“野蛮”“残忍”“丧失理性”。这当然是对的。但是，后来我翻阅了有关史料，觉得问题似乎并不那么简单。131年前的10月，在英法联军即将放火烧园的前几天，清政府的恭亲王曾向侵略者提出责问：“欲焚毁皇帝行宫，所依据者何因？”英国特使额尔金在复函中竟蛮横地宣称：圆明园“誓必毁为平地，此条固无须恭亲王之承认，敝军统帅所已决定，亟须执行者也。”侵略者不屑向清政府说明的“依据之因”，在别的地方倒是明说了。他们认为，要“严创中国政府”“使中国及其皇帝产生极大的震动”“只有焚毁圆明园一法，最为可行”。这是为什么呢？

原来，圆明园是清政府花了150多年才建起来的大型皇家园林，不仅是当时世界首屈一指的园林建筑，而且是规模宏大的图书馆、艺术馆、博物馆。它集中体现了中华民族经济文化的发展水平，也是中国人民智慧的结晶。在15世纪以前，中国以高度发达的物质文明和精神文明长期雄踞世界各国的前列。历来以“天朝”大国自居的中国人，并不把拥有坚船利炮的洋人放在眼里，一直视其为“蛮夷之国”的野蛮人。正因为这样，侵略者妄图通过摧毁中国人心目中最为庄严神圣之物，以摧毁中国人的民族自信心和自尊心，从而“教训华人尊重英人，英人高于华人，英人应该成为华人的主人翁……”这才是英法联军“誓必”把圆明园“夷为平地”的真正原因。

圆明园被毁，人们常痛惜物质文明的毁灭，却对民族精神的创伤注意的不多。这不能不说是一大缺陷。近代以来，我国壮丽山河惨遭蹂躏，灿烂文明倍受摧残，“几番回首京华望，亡国悲歌涕泪多。”屈辱的历史，屈辱的生活，在人们的心灵中打下深深的印记。有些人由此而对祖国妄自菲薄，对外国盲目崇拜，甚至屈膝求荣，为虎作伥。腐败的清朝统治者，每当遭受帝国主义劫掠之后，不思图强自立，反而奴颜婢膝地表示“量中华之物力，结与国之欢心”，把大片国土和巨额赔款双手奉给强盗，致使山河破碎，国库空虚；民力衰竭，国本战栗。

然而，中华民族五千年来生生不息，自有其生命之根在。根在，生命之树是不会枯萎的。这根，就是中华民族自信、自尊、自强的爱国主义情感，谓之国魂。它是动员人民团结奋斗的旗帜，是激励人民抵御外来侵略的号角，是推动社会进步的力量源泉。圆明园的悲剧，固然使得一些人自卑自贱，却唤醒了广大的人民大众奋起拯救中国的悲剧命运。一部近代史，是帝国主义的侵华史，也是中国人民奋起救亡图存的历史。无数志士仁人“用骨肉碰钝了锋刃，血液浇灭了烟焰”，在刀光血色的衰微中迎来了新世纪的曙光。这就是在中国共产党领导下的新民主主义革命的胜利。从此，中华民族巨人般屹立在世界的东方，中国人民真正成为自己国家的主人，真正掌握着自己的命运，真正获得做人的尊严。

故园遗恨，历历在目：落后就要挨打，就要任人宰割。唯有富国强兵，方能自立于世界民族之林。如果说，在新民主主义革命时期，国魂主要表现为“拯救中华”，需要“拼将十万头颅血，须把乾坤力挽回”那样的英雄气概；那么，在社会主义建设时期，国魂则主要表现为“振兴中华”，需要“中华儿女多奇志”“敢教日月换新天”那样的豪迈情怀。作为一个现代中国人，必须把爱国之心、报国之志，化为兴国之举，在各自的岗位上，为振兴中华无私地奉献自己的聪明和才智：作一滴润物的春雨、作一粒铺路的石子、作一块奠基的砖头、作一抔护花的泥土……总之，有一分热，发一分光，11亿同胞的光和热，将汇成推动中华腾飞的熊熊烈焰。这是国魂的再塑，也是国魂的升华。每一个投身于振兴中华伟业的中国人，都使有限的生命融进历史的丰碑而获得永恒。

（本文原载于《羊城晚报》1992年1月5日，获羊城晚报“知我中华，振兴祖国”征文一等奖。）

走自己的路

历史跨进20世纪最后10年以来，国际政治局势风云变幻，一连串意料之外的突发事件，令人眼花缭乱、迷惑不解。“我们怎么办？”这个问题已成为人们日常议论的一个重要话题。

马克思在《资本论》第一卷第一版序言中写道：“任何科学批评的意见我都是欢迎的。而对于我从来就不让步的所谓舆论的偏见，我仍然遵守伟大的佛罗伦萨诗人的格言：走你的路，让人们去说罢！”

当前，我们也遇到了各种“舆论的偏见”。有些人从改革开放出现的暂时挫折中，得出“改革造成社会混乱、国家崩溃”等错误结论。他们并不理解我们所走的路，却偏要说这条路走错了。

我们走的是什么路？早在1982年，邓小平同志在党的十二大开幕词中就指出：“照抄照搬别国经验、别国模式，从来不能得到成功。……把马克思主义的普遍真理同我国的具体实际结合起来，走自己的道路，建设有中国特色的社会主义，这就是我们总结长期历史经验得出的基本结论。”有中国特色的社会主义包含着十分丰富的内容，总的说来就是党的基本路线所概括的“一个中心、两个基本点”。这几个方面是一个有机的统一体。经济建设作为党的政治路线的“中心”，说明搞好经济建设不仅仅是个经济问题。把经济搞上去，建设繁荣富强的社会主义中国，不断增强我国的国力，提高我国的国际地位，这就是政治。只有从这个高度来观察问题，我们才能认清“一个中心”和“两个基本点”之间的相互联系。两个基本点都是为经济建设这个中心服务的。四项基本原则对经济建设起保证的作用，既保证经济发展的性质和方向，又保证经济发展所必需的安定团结的政治局面。改革开放对经济建设起推动的作用，即通过调整不适应生产力发展的生产关系，以推动生产力更快地发展。两个基本点统一于中心并为中心服务，就使我国经济发展既充满活力，又坚持社会主义的方向。全面、完整地理解党的基本路线，我们就能排除那些怀疑社会主义、怀疑改革开放等“舆论的偏见”的干扰，坚定不移地走自己的路。

马克思所说的佛罗伦萨诗人，是意大利的文学巨匠但丁。“走你的路，让人们去说罢”一语，出自但丁的《神曲》。但丁曾在给友人的信中说，他写《神曲》的目的，在于使人们“脱离悲惨的境地，并引导他们走向幸福之路”。诗人所指引的，是否真正是“幸福之路”，姑且勿论。今天，我们却可以肯定地说，建设有中国特色的社会主义道路，是引导全国人民走向幸福的唯一正确的道路。路子走得对不对，用什么来衡量？当然可以有许多不同的标准，但最根本的是，看生产力是否有较大的发展，人民的生活水平是否有较大的提高，人的积极性和创造性是否得到充分发挥。应该说，改革开放以来，我们所取得的成就大大超过了原来的预想。在过去的十多年中，我们能够直接地感受到社会在不断前进。路子走对了，人民生活越过越好，并且能够确切地看到明天将会更好，就会万众一心朝前走，就不可能走回头路，也不可能走别的路。因此，面对各种“舆论的偏见”，我们仍然用得着伟大的佛罗伦萨诗人的格言（冒昧略为改动）：

走自己的路，让别人去说罢！

（本文原载于《南方日报》1992年1月6日，获1992年度全国报纸理论宣传优秀奖。）

少年朋友，站起来

日前，歌星旋风席卷羊城。一些少年朋友狂热追“星”的足迹，给人们留下了一连串的思考。

“追星族”的少年朋友是天真的。在他们中，有的以为与歌星握一次手、得到一个签名便会身价百倍；有的把歌星当成心中的“白马王子”，一厢情愿地追；还有的跟风追，也说不出为什么，别人追，我也追……不管出于什么愿望，都表现出超乎寻常的热情：为了一瞻歌星的风采，不惜放弃学业，四处“跟踪追击”，有的甚至在歌星下榻的酒店前跪下来，久久不肯起身。

在历史上，为求学而长跪师门的情况是有的。但是，他们长跪是为了学艺，为了自立、自强。因此，他们虽然跪着，精神上却始终是挺立着的。现在有些少年朋友盲目“追星”，并非为了学艺，只是冲着歌星的名声纳头便跪，实际上是在耀眼的“星”光面前迷惘了。他们把“星”光在自身的折射，当成自身在发光。这不过是一种幻觉。

这种幻觉的出现，是因为少年朋友自己尚不能发光。少年时期的一个重要特点，就是自我的发现，这是人生旅程上的“第二次断奶”，或称“精神断奶”。精神断奶是痛苦的。一个不成熟的心灵对将要独立于社会的“我”进行种种设计：做个什么样的人？如何做人？怎样生活？在自我设计的过程中，往往会以当时的成功者作为样板。在这个时期出现偶像崇拜是一种自然的现象。并且带有较大的盲目性，具有社会的“流行式”。问题在于，向心目中的偶像靠拢，有不同的方法：一种是从“样板”或“偶像”那种不甘沉沦的奋斗史中吸取前进的力量；一种是整个儿迷失在偶像的阴影之中。后者实质上是在崇拜对象中寻找自我的影子，把与对象的某一点联系当成自我的提高和发展。其实，“星”光在“我”身上所反射的那一点余辉，实在是太微弱、太暗淡了，很快就会消逝的。到头来，时间消磨了，学业荒废了，自我不是更充实，而是更空虚了。

迷失在偶像的阴影里，是自我的迷失，也是对自我的贬抑。许多少年人往往容易为名人头上的光环所迷惑，为名人的显赫声望所震慑，觉得只有别人行，自己什么都不行。其实，自我就是一座巨大的宝库，蕴藏着巨大的潜力。古希腊人提出“认识你自己”的命题，至今没有过时。应该有这样一种信心：别人能做到的，我也能做到。别人行，我也行。只要发挥主动进取的精神，挖掘自身的潜力，不断发展完善自我，明日的你就会是一颗“星”——歌星、影星、球星、棋星乃至企业家之星、科学家之星……

有一位哲人说过，伟人之所以看起来伟大，是因为我们跪着。站起来吧！我想借用这句话与少年朋友们共勉。

少年朋友，站起来吧！

（本文原载于《南方日报》1993年1月2日，获第二届全国省区党报新闻奖一等奖。）

股市不是印钞机

青岛啤酒股票上市后跌破成本价，宣告“买原始股一定赚钱”的神话破灭。而近两三年来股市牛熊大搏杀，也使广大股民深切体会到，股市行情瞬息万变，收益与风险同在。可以说，收益越大，则风险越大。

所谓风险，是泛指遭受各种损失的可能性。股票投资的风险，则是指预期收益与实际收益之差。入市者，特别是初入市者，往往对预期收益的期望值很高，而对遭受损失的心理准备不足。他们只盘算买入某种股票，如果上涨多少元，就可赚多少钱。其实，股市并非印钞机。股市中近乎天文数字的钞票，除了少部分是上市公司每年从新创造的利润中分配给股东（指现金分红）外，其余都是股民所投入的。你之所赚，正是他人之所亏；你之所亏，也正是他人之所赚。赚与亏，机会是均等的。因此，入市者一定要有风险意识，任何时候都不能过分天真。既要冷静地寻找成功的机会，又要勇敢地承受失败。投资者所面临的风险，主要有如下几个方面。

一是来自股票市场的风险。由于政治、经济的宏观因素和上市公司的微观因素，以及技术、人为等因素的作用，股市随时可能出现大幅度波动，从而使部分投资者遭受损失。例如，在高价位买入而股价突然大幅度下跌，或在低价位卖出而股价突然大幅度飙升，就必然遭受损失。从股市历史上看，股市有较大幅度波动是正常的。一旦出现风潮性的股灾，即股价一落千丈，对所有股民来说都是一场灾难。

二是来自上市公司的风险。这又有几种情况：一种是公司盈利下降，该种股票价格也随之下跌，属低度风险；另一种是公司经营亏损，若少量亏损属中度风险，若严重亏损则是强度风险；还有一种是公司解散或破产，股东所持股票只能获得少许补偿，甚至连一点补偿也得不到，股票变成废纸，这就是高强度风险了。

三是来自投资者自身的风险。这是指因投资者的错误决策而导致损失的风险，包括：错误地判断某种股票的质量；错误地选择交易时机；盲目跟风进行交易；缺乏良好的心理素质而患得患失；缺乏基本知识和投资技巧；等等。投资者努力培养良好的心理素质，增加投资知识，提高投资技巧，正是规避来自股市和公司的风险的前提条件。高明的投资者不是靠运气，而是靠智慧。他不一定是获利最多者，却一定是最善于规避风险者。

（本文原载于《南方日报》1993年12月20日。）

市场呼唤奉献

随着市场经济在我国的发展，伪劣假冒、坑蒙拐骗等不良现象似乎也在“发展”，这种状况引起了人们的广泛忧虑。有人认为，市场经济只有追求金钱的动力，缺乏奉献社会的信念。因此，必须给它注入奉献精神，以弥补其缺陷。这种观点值得商榷。

提倡奉献精神当然是对的。而“缺陷论”的“缺陷”，在于把奉献精神当作市场经济外在、异己的力量，硬要从外面强加给它，使之道德化。从认识论看，这种观点是站不住脚的。人的道德意识是从哪里来的？一方面是对传统的继承，另一方面是现实实践的反映与升华。恩格斯曾经精辟地指出：“人们自觉地或不自觉地，归根到底是从他们阶级地位所依据的实际关系中——从他们进行生产和交换的经济关系中，汲取自己的道德观念。”这里说得十分明白，从“归根到底”的意义上讲，人们是从现实经济关系中汲取道德观念的。在从自然经济到市场经济、农业文明到工业文明发展的社会大变革过程中，新的社会实践、新的道德要求必然越来越多地反映到人们的头脑中来。“缺陷论”不是引导人们从现实经济关系中汲取道德观念，而是反其道而行之，把奉献精神当作一种硬要别人接受的客观意志，这就容易把奉献精神的宣传简单化为抽象的说教，难以为人们所接受，更难以变为人们的自觉行动。

其实，奉献精神不必从外面强加给市场经济，市场经济自身就具有讲奉献的内在要求。在市场经济条件下，生产者追求利润最大化，无疑是要讲钱的。但是，说市场经济缺乏奉献社会的信念，却是不能成立的。市场经济与自然经济的区别，从经济学上说，是“为他人生产”与“为自己生产”的区别。自然经济是“为自己生产”的，生产的目的完全是为了满足自身的需要。“男耕女织”“三十亩地一头牛，老婆孩子热炕头”，万事不求人，就是其理想的生活。这种生产方式使生产者闭塞、自私、狭隘，但注重产品的使用价值，主要是实用、耐用。市场经济是“为他人生产”的，即为满足他人的需要而进行生产。因此，生产者必须研究他人的需要，为他人服务，其产品才能实现其价值。这种生产方式有二重性，一方面是“利他”——产品的使用价值符合社会的需要，适销对路；另一方面是“利己”——追求价值（利润、钱）。当两者相统一，即在向社会奉献优质产品的前提下获得自身正当的利益，利他倾向就比较突出、显而易见；当两者相分裂，只顾价值（金钱）不顾使用价值（质量）时，利己倾向就会压倒利他倾向而走向利己主义、拜金主义。从市场经济的本性上讲，利他、奉献是前提、基础；利己、索取是结果、回报。凡是遵循这个逻辑的企业，必定不断发展壮大；反之虽能得逞于一时，但终究会为消费者所抛弃、为社会所淘汰。

既然如此，何以我们的市场经济越发展，伪劣假冒、坑蒙拐骗的现象越多呢？原因在于，这些现象是同市场经济发展的一定阶段相联系的。我国市场经济虽然有一定程度的发展，但总体上仍处于初级阶段。从宏观的层面看，法制不健全、行政管理不完善、经济运行不规范，为不良经济行为提供了可乘之机；地方利益驱动下出现的经济分割，成为不良经济行为的保护伞。从更深的层次看，我国刚摆脱“短缺经济”，真正的买方市场尚未形成，消费者还不善于维护自己的权益，从而使商品的价值和使用价值的分离成为可能。而市场主体大多是刚“洗脚上田”的农民，他们抱着小生产者急功近利的心态从事市场经济活动，往往“捞一把”就走，并无长远打算、宏图大略。这就把使用价值与价值相分离的可能性转变为现实。由此可见，“只讲索取、不讲奉献”的不良经济行为，不是市场经济所固有的，而是市场经济不成熟的表现，并且对市场经济进一步发展构成严重障碍。市场经济呼唤奉献精神，是越来越强烈了！

基于上述认识，我觉得，宣传奉献精神应该从发展市场经济的客观要求出发，与人们的利益相联系。“正确理解的利益是整个道德的基础。”正确理解的奉献不应该排斥利益。通过创造性的劳动贡献物质财富和精神财富，推动社会进步，就是对社会的奉献。思想教育和社会舆论的作用，在于帮助人们从现实经济关系中正确理解创造使用价值与实现交换价值的关系，正确理解个人与集体、团体与社会的利益关系，把单纯追求经济效益的冲动升华为造福人类的责任感和使命感，从而使生产者通过向社会提供优质产品、优质服务、高新技术去取得正当的经济利益和精神利益。这就是把市场经济的客观要求转化为市场主体的精神需求，把奉献精神由外在约束转化为主体的内在自律，从而为完善市场经济秩序构筑深厚的社会心理基础。

（本文原载于《南方日报》1995年12月25日，获1995年度全国报纸理论宣传优秀论文一等奖。）

【背景一瞥】改革开放初期，我国从计划经济转向发展商品经济，社会生产得到快速发展，但也出现假冒伪劣、坑蒙拐骗等消极现象。有人认为，市场经济只有追求金钱的动力，缺乏奉献社会的信念，因此，必须给它注入奉献精神。本文认为，把奉献精神当作一种硬要别人接受的客观意志，这就容易把奉献精神的宣传简单化为抽象的说教，难以为人们所接受，更难以变为人们自觉的行动。

文章认为，奉献精神不必从外面强加给市场经济，市场经济自身就具有讲奉献的内在要求。市场经济是“为他人生产”的，这种生产方式有二重性，一方面是“利他”——产品的使用价值符合社会的需要，适销对路；另一方面是“利己”——追求价值（利润、钱）。从市场经济的本性上讲，利他、奉献是前提、基础；利己、索取是结果、回报。假冒伪劣、坑蒙拐骗等只讲索取不讲奉献的行为不是市场经济所固有的，而是市场经济不成熟的表现。

文章说，宣传奉献精神应该从发展市场经济的客观要求出发，与人们的利益相联系。思想教育和社会舆论要把市场经济的客观要求转化为市场主体的精神需求，把奉献精神由外在约束转化为主体的内在自律，从而为完善市场经济秩序构筑深厚的社会心理基础。

中宣部阅评员认为，这篇文章有助于人们对社会主义市场经济与奉献精神的理解。

雷锋精神的现代意义

在学雷锋活动中，人们常提出这样的问题：“假如雷锋活到现在，如何处理当前的各种关系？”这个问题的实质是：发展市场经济，是否还需要雷锋精神？“雷锋的好妹妹”陈观玉的动人事迹说明，追求真善美，不仅是完善自我的精神需要，而且是社会进步的精神动力。雷锋精神作为真善美的结晶，在任何时代都将放射灿烂光芒。

人活着究竟为了什么？怎样才活得充实、有价值？这是永恒的主题。雷锋的回答是：“自己活着，就是为了使别人过得更美好。”朴实的语言包含着深刻的哲理：在对象中实现自身，即在对他人、对社会的奉献中实现人生的价值。陈观玉立志“做雷锋的好妹妹”，坚持“一辈子做好事”，几十年来为使孤寡老人、残疾人、失学儿童、打工青年“过得更美好”而奔波，从而获得人们的尊敬和爱戴，成为人们心目中的“活菩萨”。这是人生高品位的境界，一种使人真正成为人的境界。

有人认为，发展市场经济就是“一切向钱看”，人与人的关系只不过是金钱关系。这完全是误解。人与人的关系除了经济关系外，还有更广泛的社会伦理关系。在经济关系中，人与人的关系是通过商品交换来实现的，当然要讲等价交换，要“斤斤计较”。但是，市场经济本质上要求生产者创造优质的使用价值，通过向他人、向社会提供优质产品、优质服务去实现赚钱的目的。这是新经济伦理的本质要求，它同“使别人过得更美好”的道德意识是相一致的。那种通过坑蒙拐骗等方式不择手段捞钱的行为，既是不道德的，也是对市场经济秩序的破坏；既要受到道义上的谴责，更要受到法律的制裁。

在社会伦理关系中，人与人之间的关系是平等互助的关系。在这个领域中，情谊确实比金钱更宝贵。人并非孤立存在的，任何人都不敢说绝对不需要他人的帮助。因此，在力所能及的条件下，多给他人以精神上、道义上、人力上、物质上的帮助，既是社会实现稳定和谐的需要，也是主体自身的精神需要。“得道者多助，失道者寡助。”多做好事，能得到众人的尊重，也能得到众人的帮助；斤斤计较、损人利己，必然遭到众人的唾弃，最终是孤立自己。在市场经济高度发达的国家中，事实上并非一切都讲钱。许多志愿者定期或不定期为他人、为公益事业义务劳动，是真诚的，而不是虚伪的。总之，人与人之间多一点爱，少一点恨；多一点互助，少一点拆台；多一点奉献，少一点索取，像雷锋、陈观玉那样，活着能使别人过得更美好，自身的生活才是真正美好的、充实的、有价值的。

（本文原载于《南方日报》1996年3月8日，收入本书时修改了标题。）

【背景一瞥】1996年3月，《南方日报》报道了陈观玉学习雷锋的先进事迹，引起社会强烈反响。本文是配新闻报道的评论。陈观玉1939年生，广东深圳人。从50年代起，她为社会、为群众做了大量的好事。义务为群众理发，一干就是30年；曾为13位“五保户”服务直至他们过世；关心和热爱军人，支持当地驻军的建设，先后为部队送慰问金、购买图书和康乐设施等捐款2万多元；关心青少年的成长，不顾自己体弱多病，担任多所中、小学的校外辅导员，经常到学校给学生作报告；支持贫困失学少年重返校园，1995年，给河北省张北县的失学少年张素珍寄去1000元，资助小素珍重返校园；鼓励支持伤残青年黄合彬同命运搏斗。关注社会、关心别人，自觉地、慷慨地为社会作贡献，被群众和当地驻军誉为“中英街上活雷锋”，曾先后荣获“全国三八红旗手”、“广东省精神文明建设标兵”、深圳市“文明市民”等50多个荣誉称号，1996年被广东省政府授予“广东省学雷锋标兵”的光荣称号。

第二章 评论员文章

坚持用生产力的标准检验改革

当前，深化改革是摆在我们面前的一个重要任务。改革要深化，就必须对八年来的改革有一个正确的评价。有了共同的认识、共同的语言，才能齐心协力，加快改革的步伐。

八年的改革推动了社会经济的迅速发展，给人民带来了较多的物质利益，受到广大人民群众的衷心拥护。但是也有人对改革横挑鼻子竖挑眼，认为改革搞乱了经济，背离了社会主义原则。这就产生了一个严肃的问题：究竟要用什么标准来衡量改革？

党的十二届三中全会通过的《中共中央关于经济体制改革的决定》明确指出："全党同志在进行改革的过程中，应该紧紧把握住马克思主义的这个基本观点，把是否有利于发展社会生产力作为检验一切改革得失成败的最主要标准。"但是，近来有的人竟然忘记了检验改革的最主要的标准，用“抽象原则”的标准来检验改革。所谓“抽象原则”，就是从抽象的定义出发，把某些对社会主义的片面的乃至错误的认识绝对化，变成僵化的教条；或者把别国建设社会主义的模式绝对化，变成固定的框框。用这些抽象原则来框定我们的社会主义实践，就必然否定改革的必要性。而用这些抽象原则来检验我们的改革，就必然得出改革是“干资本主义”的荒谬结论。

实践是检验真理的唯一标准。恩格斯就曾经说过：“所谓‘社会主义社会’不是一种一成不变的东西，而应当和任何其他社会制度一样，把它看成是经常变化和改革的社会。”任何原则的应用，都必须和具体实践相结合，接受实践的检验。即使是正确的原则，也要在实践中不断丰富和发展。离开生产力的发展，抽象地谈论社会主义原则，不是马克思主义者应有的态度。脱离生产力的实际水平去变革生产关系，必然带有很大的主观随意性。以某种抽象原则为标准，片面地认为只要在生产关系上做“净化”的文章，社会主义就可以建成。事实证明，这种想法，只不过是空想。要使空想变为科学，就必须把社会主义置于现实的基础上。

马克思主义认为，生产关系只有适合生产力的性质，推动生产力的发展，才是进步的。因此，必须对生产力和生产关系的辩证统一关系进行综合考察，以是否有利于解放生产力作为判断进步还是倒退的主要标志。党的十一届三中全会以来，我们党实事求是地分析了国情，制定了“改革、开放、搞活”的总方针，突破了某些僵化的教条和僵化的模式，找到了适合我国生产力水平的许多经营方式，如家庭联产承包责任制、承包经营责任制等，有力地推动了社会主义生产力的发展。改革八年来，人们的积极性和创造性得到前所未有的发挥，经济发展呈现生机勃勃的景象，人民的生活水平也有了较大的提高。这是人民拥护改革的根本原因。事情很明显，如果不重视生产力的发展，不能给人民带来利益，再中听的高调也必然是无济于事。

坚持用生产力标准检验改革，同坚持改革的社会主义方向是完全一致的。社会主义的根本任务就是发展生产力。而改革就是要改变不适应生产力的经济体制、政治体制以及其他上层建筑，以促进生产力的发展。改革的目的能否达到，当然只能以是否促进社会生产力的发展来检验。改革是社会主义的自我完善，其完善程度最终还是要以社会生产力的标准来检验。坚持四项基本原则和坚持“改革、开放、搞活”的总方针的统一，构成了有中国特色的社会主义。对这种有生命力的实践中的科学社会主义不热情、不感兴趣，甚至全盘否定，却去空谈抽象的原则，至少不是一种郑重的态度。

社会主义的优越性，从根本上说，就是能够创造比资本主义更高的劳动生产率，推动生产力以更快的速度发展。邓小平同志指出，搞社会主义，一定要生产力发达，贫穷不是社会主义。我们应该坚持社会主义。但要进一步建设对资本主义具有优越性的社会主义，首先必须摆脱贫困的社会主义。这就明确地告诉我们，搞社会主义，一定要重视生产力这个标准。一定要大力发展生产力。只有坚定不移地搞好改革和开放，充分发挥人的积极性和创造性，极大地发展生产力，才能充分显示社会主义的优越性，从而使社会主义真正具有吸引力。

（本文原载于《南方日报》1987年7月5日。收入本书的评论员文章，由我执笔，领导定稿。）

论“用足政策”

广东作为改革开放综合试验区，中央制定了比较优惠的政策。现在，我们已不是有没有优惠政策的问题，而是能否“用足政策”的问题。

“用足政策”是广东经济发达地区的一条成功经验。近来，这条经验被广泛运用到各地的实际工作中去，取得了很好的成效。但是，随着这条经验广为传播，也出现了一些值得注意的现象。有人认为，“用足政策”只可意会，不可言传，是捉摸不定的东西。甚至还有人把“用足政策”理解为“钻政策的空子”，采取“上有政策、下有对策”之类牟取私利的手段。应该郑重地指出，这是对“用足政策”的误解或歪曲。“用足政策”的含意是明确的，这就是正确理解政策的精神实质，充分发挥政策的威力，以推动社会生产力的发展。而那种“上有政策、下有对策”“钻政策空子”的做法，并不是在用政策，而是违背政策。把功夫下在歪门邪道上，“用”得越“足”，离政策就越远。因此，只有正确地、科学地理解“用足政策”，才有可能真正把发达地区的先进经验学到手。

“用足政策”的前提条件是执行政策，而不是违反政策。“用足政策”是执行政策的原则性和灵活性的统一。政策有总政策和具体政策之分。所谓“用足政策”，就是要坚定不移、不折不扣地执行改革开放的总方针、总政策，而对那些被实践证明不符合总方针、总政策的具体规定，要根据总方针、总政策的精神予以灵活变通。总方针、总政策作为建立在我国具体国情基础上的抽象规定，它一定要与各地区、各部门的具体情况联系起来，使之化为广大群众的实践活动。这就是我们通常所说的“理论联系实际”“具体事物具体分析”。抽象的普遍适应的原则一旦化为具体的实践时，由于各地条件千差万别，就会变化无穷，这就需要灵活性。只有根据具体情况制定贯彻总方针、总政策的具体措施、具体做法，才能使正确的总方针、总政策得到真正的落实。

要“用足政策”，必须充分发挥人的能动性和创造性。毛泽东同志在《反对本本主义》一文中批评那种形式主义地执行上级指示的现象时指出：“为什么党的策略路线总是不能深入群众，就是这种形式主义在那里作怪。盲目地表面上完全无异议地执行上级的指示，这不是真正在执行上级的指示，这是反对上级指示或者对上级指示怠工的最妙方法。”盲目地囫囵吞枣地执行政策，既不用动脑筋，又十分“保险”。出了差错，那是“执行政策”的结果，与己无关。而要“用足政策”，就必须探索用根据改革开放总方针、总政策制定的新的规定代替违反改革开放总方针、总政策的旧的规定，以及实施新规定的条件、范围及办法，使新的规定得到及时落实。总方针、总政策是长期起作用的，而具体规定则是有时效性的，如果不能及时把适应于本地具体条件的具体政策运用到实践中去，推动经济发展，就有可能贻误时机。因此，有了正确的政策，会不会用，用得足与不足，在一定程度上反映了改革意识的强弱和能动性发挥的程度。

政策是利益关系的表现。“用足政策”就是在全局利益与局部利益之间找到适当的“度”，使得两者有机地结合起来。

“钻政策空子”与“用足政策”是有原则区别的。从出发点上看，前者是以局部利益损害全局利益，后者则是把全局利益与局部利益统一起来。从落脚点上看，“钻政策空子”“上有政策、下有对策”是牟取个人和小团体的私利，必然腐蚀人的灵魂，败坏社会风气，导致对社会生产力的破坏。而“用足政策”则激发人的改革意识和创造精神，促进社会生产力的发展。

我们一定要划清“用足政策”与“钻政策空子”“上有政策、下有对策”的界限，在改革开放的实践中，充分发挥主观能动性，用足中央给予的优惠政策。如果我们各条战线、各个方面都能用足政策，那么广东经济建设就将会以更快的速度发展。

（本文原载于《南方日报》1988年5月2日，获1988年度广东好新闻一等奖，《人民日报》全文转载。）

【背景一瞥】1988年初，全国各地及省内边远地区的代表团，相继到广东经济发达地区参观、学习。他们不约而同对经济发达地区“用足政策”的经验深感兴趣。由于干部群众在实践中创造的经验有较强的感性色彩，对该经验的解释，难免说法不一，加之外地的同志在总结这一经验时有不同的理解，造成了一些误解。有人认为“用足政策”是“只可意会、不可言传”的东西，甚至有人把“用足政策”与“上有政策、下有对策”“钻政策空子”等错误做法等同起来。

这篇评论在深入调查研究、广泛收集材料的基础上，对“用足政策”的含义提出明确的见解：“这就是正确理解政策的精神实质，充分发挥政策的威力，以推动社会生产力的发展。”从而划清了“用足政策”与“上有政策、下有对策”“钻政策空子”等错误认识的原则界限。文章发表后，如何“用足政策”成为社会的热门话题。有读者认为，《论“用足政策”》一文不仅对外地学习、推广发达地区的先进经验有启发意义，而且对创造这个经验的干部群众也是有启发作用的，因为把感性经验上升为理性认识，能够更自觉、更正确地运用自身的经验。

长途客车流氓案之反思

本报关于“广东76-50007”号长途客车流氓案的连续报道，引起了社会各界人士的广泛关注。10日，恩平县人民法院举行宣判大会，对调戏、侮辱女青年的流氓案犯和包庇流氓犯罪分子的司机进行了严正的判决。英勇护法的7位姑娘和江洲群众已经受到嘉奖和赞扬，罪犯受到了应有的惩罚，那些麻木不仁的乘客也已受到社会舆论的谴责。至此，本报对该案的报道该告结束了。然而，“天下事了犹未了”。至今，人们还在对这宗流氓案所反映出来的问题进行深入反思。

我们认为，要正确地、全面地、深刻地认识这个案件，就必须把它放到社会大变革的历史背景中来考察。现在，我们正处于建立社会主义商品经济新秩序的时期。这个时期需要一个安定的社会政治环境。从这个高度来认识客车流氓案所反映出来的社会问题、法律问题、道德问题，从而吸取应有的教训，采取切实的措施防止类似事情的发生，显得非常迫切、非常必要。

（一）客车流氓案告诉我们，创造安定的社会环境，建立社会主义商品经济新秩序，必须大力提倡树立自主、自尊、自强的主体意识

人是进行改革开放的主体，是推动社会主义商品经济新秩序产生的动力。只有人身自由不受侵犯、人格尊严不受亵渎，人们才有可能正常地从事发展商品经济的活动，才有可能正常地生活和交往。由于封建传统对人格尊严的摧残，长期以来，维护人的尊严的意识在社会上相当淡薄，自主、自尊、自强的主体意识没有普遍确立。随意侵犯人身自由、亵渎人格尊严的事时有发生。你看，当7位姑娘的人格尊严遭到严重侮辱时，司机竟然认为“问题不大”“是小事情”，照样开他的车，乘客也照样睡他的觉。至于那几个流氓，当他们公然亵渎女性的尊严的时候，他们已“失掉人的立场”，已不把自己“理解为人”。正如马克思所指出的：“拿妇女当作共同淫乐的牺牲品和婢女来看待，这表现出人在对待自己本身所经历的那种无限的堕落，因为男人如何对待妇女……就可以判断出人的整个文明程度”，可以看出人在何种程度上“对自己说来成为人并且把自己理解为人”。

可喜的是，7位姑娘勇敢地同流氓分子进行了斗争。她们不认为受流氓欺负是丑事不能声张，而是下决心要把流氓分子抓住。这充分说明，她们的主体意识很强，把自己“理解为人”，并勇敢地捍卫自己的人格尊严。这是一种新文明，一种现代化建设所需要的新文明。商品是天然的平等派。商品经济的发展将促进人的主体意识的确立，而主体意识的确立又将成为商品经济进一步发展的动力。如果全体公民都像7位姑娘那样，普遍具有自主、自尊、自强的主体意识，社会主义商品经济新秩序就具有最广泛、最深厚的社会基础。正是基于这种认识，本报不惜篇幅地报道了7位姑娘自主、自尊、自强的意识和斗争精神，党、政府和全社会大力赞扬和表彰了她们的先进事迹。这样做，对建立社会主义商品经济新秩序，对建立安定的社会政治环境，无疑是一次有力的推动。

（二）客车流氓案还告诉我们，加强法制教育，维护法律尊严，是创造安定的社会环境，建立社会主义商品经济新秩序的最重要的保证

治国必有法，无法则国乱，这是一条重要的历史经验。只有维护法律的尊严和权威，才能维护正常的社会秩序。法律是强制性的行为规范，必须依靠国家的专政机关来保证其实行。没有专政做后盾的法律等于零。有法必依，违法必究。对违法者一定要予以法律制裁，不得有任何例外，这是法律有别于其他行为规范的本质特征。流氓分子凌辱妇女，触犯了法律，是必须依法制裁的。那种以罚代刑的做法，无疑不利于维护法律的尊严。试想，那些流氓分子交了几个钱就逍遥法外，他们不是又可以为非作歹了吗？广大群众对此十分担心，强烈要求将流氓分子重新逮捕归案，是理所当然的。

社会主义的法律是人民意志的表现。维护法律的尊严和权威，是广大群众的共同职责。因此，必须普及和加强法制教育，让广大干部、群众知法、懂法、守法，自觉地维护法律的尊严。在这方面，7位姑娘是好样的，江洲的群众也是好样的。作案歹徒开始时气焰嚣张、气壮如牛，但当7位姑娘用法律来保护自己，并得到人民群众和公安干警支持的时候，却失魂落魄、胆小如鼠。事实说明，只要广大群众自觉维护法律的尊严，为非作歹者就会成为过街老鼠，无处逃遁。

要维护法律尊严，关键在于领导。各级领导必须积极支持人民群众同坏人坏事作斗争，在全社会形成惩恶扬善的良好风气。客车流氓案披露以后，正是由于各级领导的高度重视，才得以及时处理。江门市、恩平县大张旗鼓地表彰勇敢护法的7

位姑娘和见义勇为的江洲群众，伸张了正义，打击了邪恶，使广大群众增强了以正压邪的信心和勇气。他们做得对，做得好，值得赞扬。

（三）客车流氓案还告诉我们，要创造安定的社会环境，建立社会主义商品经济新秩序，必须加强道德教育，维护社会主义道德的纯洁性

法治和德育相互补充，相辅相成，不可偏废。道德规范靠社会舆论的力量，靠信念、习惯、教育来维持，因而它能够起到法律所不能起的作用。现在，各行各业都根据社会主义道德要求制定了本行业的职业道德规范。司乘人员的职业道德包括“安全正点，扶正祛邪，伸张正义”等条文，司机某某对此未必不知道，何以他会反其道而行之，纵容包庇流氓犯罪活动呢？那是因为铜臭腐蚀了他的灵魂。他“脑子里想到的只是钱”，什么职业道德、人格尊严、法律尊严，统统被抛到九霄云外。司机某某的失足是一份不可多得的反面教材。它充分说明，把灵魂抵押给金钱这个魔鬼，是非善恶就会完全颠倒。

道德是现实经济关系的反映。发展商品经济，人们必然要从商品生产和交换中汲取道德观念。因此，过去那种重义轻利、鄙视金钱的传统观念为人们所抛弃，而代之以劳动致富、义利并重的道德观念。应该说，这些新观念是发展商品经济的精神动力，是建立商品经济新秩序所必需的。问题在于，现在有一些人夸大了金钱的作用，对金钱崇拜得五体投地，甚至认为“金钱万能”。他们以金钱为尺度去处理人与人之间的一切关系，见钱眼开，见利忘义，把良心、名誉乃至肉体通通都出卖了。“实现四化、振兴中华”“全心全意为人民服务”，这

些精神支柱和宗旨，在他们脑子里根本就不存在。可见，只有抓好思想政治工作，加强社会主义道德教育，防止和克服“一切向钱看”的思想，才能帮助人们正确地从商品经济中汲取社会主义的道德观念。“道德的基础是人类精神的自律。”社会主义道德（包括各种职业道德）规范一旦转化为人们的内心信念，就会成为人们维护社会主义道德纯洁性的自觉行动。这次客车流氓案中，7位姑娘和江洲镇干部、群众的出色表现，就充分证明了这一点。

客车流氓案留下的教训极其深刻。我们希望和广大读者一起，对客车流氓案进行认真的反思，从而更自觉地为维护人的尊严、法律的尊严和社会主义道德的纯洁性，为建立社会主义商品经济新秩序而努力奋斗。

（本文原载于《南方日报》1988年8月13日。）

【背景一瞥】1988年6月9日，深圳至化州的一辆大客车上，5个男性旅客在夜色降临时对7位恩平籍姑娘进行凌辱。姑娘们强烈谴责流氓的无耻行径，高声呼唤司机亮车灯。司机竟回答：“吵什么，不搭就落车，我们开夜车是不亮灯的。”车上的其他乘客面对女乘客受辱，都默不作声。姑娘们在车上遭受流氓折磨长达七八个小时，衣服被撕破了，脸部被抓伤了，胸部也被抓得伤痕累累。

10日凌晨6时左右，当客车行至姑娘们的家乡恩平江洲路段时，7位姑娘迅速下车，其中两位姑娘直奔派出所报案，余下5位则携手筑起一道人墙拦阻客车开行。司机陈某却要强行开车，竟将5位姑娘向前推出30多米远。司机的蛮横行为，引起了路人的公愤，有30多位群众上前将客车围住。车上5个流氓见势不妙，立即夺路逃跑，但在群众拦截下，除1人趁乱逃脱外，其余4人均被群众扭送至当地派出所。经恩平县公安机关对这宗流氓案进行审查，余某、雷某、林某、杨某对自己的流氓行为供认不讳。公安机关只对他们作罚款处理。

这伙流氓为何敢如此猖獗？该客车司机又为何要纵容流氓犯罪？对流氓犯罪行为的处理仅为罚款放人合适吗？《南方日报》对此进行了一个多月的连续报道，开展广泛讨论。这篇评论是对此次讨论的总结。

莫以一时得失论改革

当前，我国的改革正处于关键时期。这个时期的特点是新旧体制“双轨”并存，各种社会群体的利益关系错综复杂，因而出现了许多意想不到的困难和问题：物价上涨过猛、部分居民实际生活水平下降、分配不公等。改革面临着严峻的考验。在这种情况下，应当如何看待改革？是在克服困难中前进，还是遇难而退？这是每一个干部和群众应当思考的问题。

这里，必须对十年来的改革有一个正确的评价。用什么标准来评价改革？是以个人一时的得失为标准，还是以社会是否进步为标准？标准不同，结论自然有异。

以个人一时的得失为标准去评价改革，就会为失去某些既得利益而非难改革；或者为某一段时间没有得到实惠而怀疑改革；甚至为得到的实惠不如别人多而满腹牢骚。有了这样一种心态，必然要求改革每一步都为自己带来利益；要求改革给每个人带来的利益同样多，这只能是空想。

我们为什么要进行改革？这是因为生产关系出现不适合生产力发展的情况，束缚社会生产力的发展，挫伤了劳动者的积极性。改革就是从这里开始的。改变经济体制，必然改变利益关系，触及一些人的既得利益。而改革推动商品经济的发展，又必然在一段时间内使地区、部门、行业之间的收入差距拉大。只有通过深化改革，建立起新的调节机制，才能使社会收入总量在各社会群体中合理分布。从长远看，改革必然会给全体社会成员带来利益。但在改革过程中，某些社会群体则要在一定的时期里，暂时牺牲一定的利益，付出一定的代价。只想从改革中得好处，却不愿为改革付出代价，又要马儿跑得好，又要马儿不吃草，世上哪有此等好事？

如果我们以社会是否进步为标准来评价改革，那么，我们就可以看到，十年改革开放使我国的社会面貌发生了巨大的变化：经济长期停滞的局面结束了，正以较高的速度持续发展；长期未能解决的温饱问题基本解决了，人民生活水平无论在量上还是在质上都有显著提高（尽管程度不同）；长期自我封闭的状态打破了，开始参与国际间的经济、文化交流；更为重要的是，新体制的基础已在这个时期开始奠定，为振兴民族开辟了一条光明的道路。社会生产力的发展是社会进步最根本的标志。生产力发展了，就为满足社会成员日益增长的物质和文化需要提供了最可靠的保证。就个人的得失而言，只要我们不着眼于一时一事，而是从这十年的整体上来看，无论在物质上还是在精神上，也是得大大多于失。尽管现在有许多不如人意之处，但真要回到以前那种“以阶级斗争为纲”、物质匮乏的状况中去，又有几个人愿意呢？

因此，以社会进步为标准来衡量改革，着眼于改革长远的、整体的社会效益，我们就会为改革所取得的成就所鼓舞，从而满腔热情地支持改革，积极地投身于改革。改革是一场革命，必然要付出代价。有了为改革牺牲某些利益的精神准备，对眼前一时一事的得失、对改革过程中不可避免的挫折和失误，就会有一个正确的态度。我们的改革是全体人民共同的要求、共同的事业，改革的成败取决于全体人民的共同努力。人民群众对改革的着眼点从个人得失转向社会进步，从朴素的感情上升为理性的认识，我们的改革就会获得广泛的社会思想基础，就能够通过改革来克服发展过程中出现的困难，取得一个又一个的胜利。

（本文原载于《南方日报》1989年2月12日。）

【背景一瞥】《南方日报》于1989年2月12日至3月19日连续发表了5篇关于形势教育的评论：《莫以一时得失论改革》《改革的道路不可能直而又直》《积极的方针需要积极的态度》《商品经济与消极现象》《同舟当共济》。这组评论在社会上引起了强烈的反响。许多单位把它列为形势教育的参考文件，认为它是“进行形势教育的‘及时雨’”。当时广东省委书记林若表扬这组评论“写得好”。

1988年底以后，由于通货膨胀以及社会出现各种消极现象等多方面的原因，一种迷惘的情绪笼罩着社会。如何看待改革成为当时亟待解答的问题。这组评论分别从改革的目标、改革的道路、如何对待改革中的困难、怎样看待改革过程中出现的消极现象，以及如何推进改革等方面，对复杂的社会现象进行多层次、多侧面的解剖，比较全面地回答了群众提出的问题。

改革的道路不可能直而又直

经过十年的改革，我们已经取得了举世瞩目的成就。从经济到政治、从社会面貌到家庭生活，都发生了深刻的变化。然而，令人遗憾的是，一方面人们普遍感到这些年的日子好过多了，另一方面牢骚怪话却在增多，甚至有些人对改革失去了信心，认为改革把社会搞乱了。这种十分矛盾的社会现象是怎样产生的呢？重要原因之一，就是不少干部和群众对改革的期望值过高，对改革的艰巨性、复杂性、长期性认识不足，缺少精神准备。

改革之初，人们对改革的前途充满着美好的憧憬，而对改革必须经历艰难的道路、付出重大的代价则思想准备不足。有的人甚至对改革太理想化，觉得改革什么问题也不应当出，改革后发生好的变化是理所当然的，而且认为还不够。于是，在改革进展顺利的时候，便产生速胜的观点；在改革遇到挫折的时候，便产生悲观的观点。从表面上看来，速胜的观点充满了激情，悲观的观点丧失了激情，两者是何等的不同。但是，两极常常是相通的。无论是悲观的观点还是速胜的观点，都是用简单化的思想方法对待改革的必然结果。

前几年的改革，主要任务是打破旧体制对生产力的束缚，其主要内容是向下放权、让利、搞活，比较容易见成效，人们从改革中得到的眼前好处也明显些、直接些。因而，许多人把改革看得很简单，“一放就活”“一包就灵”，成为当时相当流行的说法。当然，就第一阶段的改革而言，这些说法并不是没有道理的，从长远来看，改革也必然给全国人民带来巨大的实惠。但是，由此而推断所有改革措施一定会立即大见成效，小康水平将很快就达到，那就不切实际了。对改革的期望值太高，急功近利，要求改革的道路直而又直，步子快而又快，必然缺乏长期艰苦奋斗的决心，也必然缺乏心理承受能力。一旦在改革过程中出现难以避免的挫折和失误，过高的期望值和现实的困难之间就会形成强烈的反差，有些人就会以为改革没有什么指望，从而对改革失去信心，从“热情积极”转为悲观消极。

诚然，在对待改革这个问题上，速胜和悲观的观点都是缺乏根据的。如果对国情和改革进行科学分析，我们就会看到，改革是一个艰巨、复杂、长期的过程。我国有十亿多人口，生产力发展水平低，各地经济、文化发展不平衡。基于这样的基本国情，我们的改革就必须分阶段进行，分区域推进。想用一种模式、一种方法使全国在很短的时间内同时富起来，是不可能的。同时，当改革进入新旧体制交替的阶段，旧的体制逐步废除，新的体制还没有完全建立，已建立的体制也还很不健全和完善，因而新旧两种体制难免会发生摩擦，出现一些问题，这是新体制诞生前夕必然出现的社会“阵痛”。此外，对改革的指导和各项改革措施的完善，既受到认识能力的限制，也受到改革客观发展进程的限制。要求一开始就对改革的全过程有透彻的了解，采取完备的措施，不出一点差错，那是做不到的。因此，我们只有充分认识我国改革的艰巨性、复杂性和长期性，做好长期艰苦奋斗的思想准备，才能提高对改革的承受力，把改革持久、深入地进行下去。

常言说："书到用时方恨少，事非经过不知难。"改革十年来，经过几次反复，特别是去年以来的反复，我们对改革的艰巨性、复杂性、长期性，已有了比较深切的感受。这应该是对改革认识的深化，是一个进步。但是，在认识了改革的艰巨性、复杂性、长期性以后，速胜的观点失去了市场，悲观的观点却有所抬头。因此，我们不仅要看到改革的艰巨性、复杂性、长期性，还要看到改革的必然性和搞好改革的有利条件，树立改革必胜的信心。只有这样，才能把对改革认识的深化，转化为进一步改革的动力。

（本文原载于《南方日报》1989年2月17日，获1989年度广东好新闻一等奖。）

积极的方针需要积极的态度

党的十三届三中全会提出了“治理经济环境、整顿经济秩序、全面深化改革”的方针。要全面贯彻这个方针，首先要正确理解这个方针。

值得注意的是，当前有些同志对经济整治采取消极的态度。有的一讲整治就以为不要改革、不要发展了，因而对搞好整治信心不足，悲观失望；有的则看不到问题的严重性，以为过几个月又是发展经济的“黄金时期”，因而盲目乐观，等待观望。出现这种情况，原因是多方面的。近几年来，许多人不顾自己的客观条件想大干一场，盲目攀比建设规模。经济过热正是头脑过热所致。现在讲整治，讲压缩，他们没有思想准备，便从一个极端走向另一个极端，以为大势已去，没有希望了。也有些同志又错误地吸取前几次整治的经验教训，以为这次整治又会像1985、1986年一样，开始收紧一下，然后大家一喊又会放松，因此等着过一段时间资金松了再大干一场。从根本上说，消极地对待整治，根子在于把局部利益放在第一位。本地区、本部门的项目压缩，他们就痛心疾首，以为再也没有希望了；或者存在侥幸心理，明压暗不压，想避过“风头”。采取这种态度来对待整治，不仅不能把整治工作搞好，而且还会影响今后的改革和建设。因此，这种消极态度应该迅速端正。

我们应该清醒地认识到，党的十三届三中全会提出的指导方针，是一个积极的方针。治理、整顿既为深化改革创造条件，又是深化改革的重要组成部分，我们必须以积极的态度去贯彻执行积极的方针。最近，广东省委提出了今年的工作方针——“压基建、调结构、保生产、抓改革、求效益、上水平”，正是体现了积极进取的态度。用积极的态度来对待整治，我们就会看到，整顿、治理是一次调整经济结构的机遇。当前我们所遇到的经济过热、需求过旺等问题，重要原因之一，就是经济结构不合理。在整治中致力于调整经济结构，使产业结构、产品结构、投资结构、信贷结构趋向合理，从而优化资源配置，就既可防止生产萎缩，又可避免新的通货膨胀，实现经济的合理运转和良性循环。用积极的态度对待整治，我们又会看到，治理、整顿也是推动改革的一个契机。目前我国经济基本处于“粗放”阶段，企业潜力很大。只要把单纯依靠增加投入、扩大规模的外延的办法来发展经济的思路，转移到加强内部管理、提高技术水平、优化劳动组合以开掘内涵发展经济的路子上来，就会推动企业形成新的机制，达到新的水平。用积极的态度对待整治，我们就会抓住国际经济结构调整的机会，继续努力实施沿海地区经济发展战略。中央决定对外向型经济“网开一面”，为广东发展经济提供了很好的条件。我们必须充分利用我们的劳力、技术、基础设施和工业能力，实行“两头在外”，以减少原材料、资金等方面的制约。如果我们真正做到了这一点，那么，治理、整顿不仅不会影响广东的外向型经济，而且将起极大的促进作用。

当然，要把经济过热的势头真正扭转过来，要做许多艰苦细致的工作。通货膨胀是多年积累下来的经济过热、社会总需求大于供给的必然结果，现在已经发展到危及改革和发展全局的严重程度。要解决这个问题，并不是几个月所能办到的。盲目乐观，以为几个月后又是发展的“黄金时期”，是毫无根据的。对全国的经济形势，单从一个侧面、一个局部看，往往看不清楚。因此，各地区、各单位都要以大局为重，从大局利益出发，暂时牺牲局部的利益。现在不认真压缩基建规模、有效控制物价，以后会很被动，很难避免生产萎缩，甚至已经取得的成绩可能也会丧失。只有全局调整好了，全局的利益得到发展，局部的利益才有保证。因此，以积极态度进行整治，对于作为局部的各地也是很有好处的。

由此看来，我们既要充满信心，又不要掉以轻心。只有采取这种积极的态度，才能全面贯彻“治理经济环境、整顿经济秩序、全面深化改革”的方针，从胜利走向新的胜利。

（本文原载于《南方日报》1989年2月24日。）

商品经济与消极现象

当前，社会上出现的各种消极现象，正引起人们广泛的议论。有些人把消极现象笼统地归结为商品经济的必然产物，认为是不可克服的，由此而出现两种极端的倾向：一种是对发展商品经济、发挥市场机制的作用产生怀疑，对产品经济（实质上是自然经济）产生怀恋之情；另一种是见怪不怪，放任自流，甚至随波逐流。这两种态度既无助于克服消极现象，又有害于商品经济的发展。我们既不能因噎废食，也不能因食任噎。商品经济要发展，消极现象也要克服。两者必须兼得，也是能够兼得的。关键在于对消极现象与商品经济的关系要有科学的认识，要有正确的态度和对策。

商品经济是社会生产力发展的必然结果；商品经济的发展，又将进一步解放和发展社会生产力。商品经济首先带来了经济的繁荣、人民的富裕、社会的生机；其次带来了人的发展的自主性、多样性和丰富性。千百年来脸朝黄土背朝天的农民，走进商品经济的新天地，在新的实践中产生了新的需要、新的观念和新的语言，从而形成新的人格。正如列宁所说的，商品经济的发展“在社会方面的反映就是‘人格的普遍提高’”。从农业文明发展为工业文明，从自然经济发展为商品经济，是一次历史性的飞跃。我们不仅要看到这一飞跃的客观必然性，而且要看到这一飞跃对于社会经济、政治、思想、观念的积极意义，这样才有可能自觉地推动其前进，而不是无可奈何地跟着它走，更不是与之格格不入，终日哀叹世风日下、人心不古，老想着回到“美好”的过去。

至于发展商品经济所带来的消极现象，要作具体分析，不能笼统归结为商品经济的必然产物。从自然经济（以及城市的产品经济）向商品经济转化，有一个过渡阶段。这个阶段的基本特点是“双轨”并存：旧体制被打破了，但仍然在起作用；新体制已经初步形成，但远未完善。新旧体制的摩擦与利益关系、新旧观念的变动交织在一起，使过渡阶段呈现出极为复杂、曲折的局面。许多消极现象正是在这样的条件下产生的：一是乘新旧体制转换过程的空隙而泛起的沉渣。以权谋私古已有之，在产品经济下也以各种形式表现出来，这一两年来之所以愈禁愈烈，原因就在于双轨价格的巨大差额，在行政机制和市场机制双轨并存的条件下，为权力与金钱的交易提供了可乘之机。二是发展商品经济的措施为传统势力所扭曲而造成的混乱。一些企业实行的承包责任制在血缘裙带关系的扭曲下，变为某些人谋私的手段。纵向放权在地区利益至上的扭曲下，造成某些地方互相封锁，垄断资源，甚至出现各种损人利己的“大战”：一些公司被扭曲为官商，成为破坏商品经济正常秩序的工具等。三是发展商品经济经验不足，人们对商品经济规律的认识还存在许多盲区，导致行动的盲目性，因而出现经济生活中的通货膨胀、物价上涨幅度过大以及与此相关的抢购风。四是发展商品经济必然有竞争，竞争给经济活动注入活力，也难免产生一定的盲目性。许多人的思想、观念未能适应商品经济的发展，又导致经济行为的混乱。五是劳动力冲破区域的束缚而大量流动所出现的混乱。由于现在劳务市场不完善（有的地方甚至还没有），许多人盲目流动。在进入“陌生人社会”之后，道德约束力有所减弱，一些人在生活无着的情况下容易干出越轨之事，加上一些流窜犯乘机作案，使治安出现严峻的情况。六是在商品经济条件下，金钱在社会的地位和作用明显增强，容易诱发拜金主义的思潮和超前消费的意识，使一些人铤而走险，多年来绝迹的腐朽现象也因之重新蔓延开来。

由此可见，当前社会存在的消极现象，尽管性质不同、原因有异，但都有着过渡阶段的明显特征，可以称之为从自然经济向商品经济过渡阶段的综合征。世界上许多国家在这一阶段都存在着类似的情况。这就是说，许多消极现象是同商品经济发展的一定阶段相联系的，是商品经济有所发展而又发展不足的产物。随着商品经济的进一步发展和新体制的完善，有些会逐步消失，有些会减弱，有些则还会长期存在。对此我们要有充分的思想准备，不要为某些扑朔迷离的现象所迷惑。在旧秩序和新秩序之间，存在某种无秩序、无规则的状况是必然的。解决这个问题的根本办法，不是退回自然经济的环境中去，而是要继续发展商品经济，逐步建立和完善商品经济的新体制、新秩序。

这么说来，在现阶段是否只能让消极现象存在和发展呢？不是的。我们说从产品经济向商品经济过渡中出现消极现象有其必然性，是针对有其存在的条件和根据而言，并不是说不可控制，更不是说越多越好。正相反，这个阶段需要的是政治上安定、经济上稳定以及社会心理相对平稳。能否有效地防止和克服消极现象，是能否顺利实现过渡的基本条件。经济的发展并不能自然而然地促进精神文明建设和社会安定。我们在致力于推进物质文明、大力发展商品经济的同时，一定要致力于推进社会主义精神文明建设。历史的发展表明，在温饱问题解决以后，人的需要不仅层次高了，而且多样化了。这就为精神文明建设提出了新的更高的要求。同时，商品经济新体制、新秩序的诞生，不仅要有经济上的动力，而且要有精神上的动力。只要发挥我们的政治优势，发扬优良的传统作风，并努力适应新体制、新秩序的要求，培育新的思想、道德和观念，我们就一定能够有效地抵制腐朽思想的侵蚀，把消极现象控制在最低限度之内，从而为新体制、新秩序的建立创造良好的社会条件。

（本文原载于《南方日报》1989年3月5日。）

同舟当共济

当前，我们正在认真贯彻“治理经济环境、整顿经济秩序、全面深化改革”的指导方针。可以这样说，我们的改革正处于“逆水行舟，不进则退”的关键时刻。在风险和困难面前，我们只有凝聚一切智慧和力量，齐心协力，同舟共济，才能把改革之舟不断推向前进。

要凝聚我们的一切智慧和力量，必须不断增强对改革的认同意识。我们的改革是全体人民的共同事业，代表着全体人民的共同利益。对此有共同的认识，才能有共同的意志。改革是顺应广大群众的强烈要求提出来的，具有最广泛的群众基础。完全可以说，改革是大势所趋，人心所向。从农村的包产到户到其他方面的改革，都体现了群众的历史主动性和首创精神。正因为这样，改革取得了举世公认的成就，我国的国力有了很大的增强，人民的生活普遍得到了改善。问题在于，随着改革的深入，在利益关系发生变化，遇到困难和挫折的时候，由于心理准备不足，人们对改革的认同意识有所淡化。有的为失去某种利益满腹牢骚，愤愤不平；有的在困难面前惊惶失措，悲观消极；有的为出现失误而互相埋怨，丧失信心。改革中出现的问题，只有通过深化改革来解决。发牢骚、讲怪话，消极的议论，不仅无助于任何问题的解决，而且还会涣散斗志，造成更大的问题。因此，我们必须进一步增强对改革的认同意识，共同出主意，想办法，克服前进中的困难。当然，为了使大家协调一致地行动，党和政府必须在进行改革的每一阶段，及时把改革的决策、措施以及存在的问题和困难向群众讲清楚。决策的透明度越高，群众参与决策的程度越广，就越会对决策的价值、目标和实现的条件有比较一致的看法，从而增强群众对改革的理解和责任感。广大群众的理解、支持和参与，是进行改革最深厚的力量源泉。

要凝聚我们的一切智慧和力量，还必须有为改革付出代价的自觉意识。我们是改革的参与者，又是改革的受惠者。但是，在改革的过程中，利益关系和利益结构的变动是实现整体利益的必经阶段。也就是说，一部分人在某一段时间内可能会暂时牺牲某些利益。因此，作为改革的主体要有为改革付出代价的意识。遗憾的是，有些人不是把改革当作自己的事业，而是当作索取实惠的对象。有的把改革看成是还旧体制欠下的“债”，因此要向改革“讨债”；有的利用新旧体制转换过程的漏洞，千方百计“捞一把”。凡此种种，都有悖于改革精神。改革的凝聚力，必须建立在对改革的必然性、必要性和改革所要达到的目标的共同认识的基础上。如果每个人只顾从改革中索取实惠，不愿为改革作出奉献、付出代价，改革就无法进行下去。我们进行改革不能主观选择理想的条件、制定理想的方案，只能在既有的条件下进行。由于没有现成的经验和模式可供借鉴，必须在实践中逐步探索，失误和挫折是不可避免的。要想一下子把一切问题都解决得那么完美，把利益关系调整得那么合乎理想，是不可能的。明乎此，在面对困难、需要作出牺牲的时候，就要自觉摆正个人利益同整体利益、眼前利益同长远利益的关系。大家对改革的困难越理解、越能同心同德地去承受它、克服它，付出的代价就越小，度过困难所需要的时间就越短。

要凝聚我们的一切智慧和力量，最重要的还在于致力树立民族的精神支柱。一个民族没有共同的精神支柱，不能形成群体的力量，是没有希望的。在现阶段，我们所要塑造的民族精神，就是消灭贫穷、落后、愚昧，实现四个现代化，振兴中华。这既是改革所要达到的目标，也是全民族的共同利益之所在。改革从某种意义上来说也是创业，就是开创四个现代化的伟业。在这个长期的创业过程中，要继续发扬艰苦奋斗的作风，努力工作，勤俭办一切事业。我们是发展中国家，又有十多亿人口，尽管改革开放取得了很大的成就，但人均国民生产总值在世界上还处于落后的地位。因此，我们要有责任感和紧迫感，要把一切智慧和力量凝聚到改革开放的伟业上来，同心同德，艰苦奋斗，努力追赶世界的先进水平。民族精神的鄙俗化，是一个民族最大的悲哀。面对落后，却没有危机意识、忧患意识，老是精神不振，怨天尤人，甚至不顾一切，一味追求享受，那么我们的国家就有被开除“球籍”的危险。“生于忧患，死于安乐”，此话仍值得我们深思。

在改革开放的大船之上，任何人都不能当“乘客”，大家都要当“水手”，共担风险，共享喜悦。李白有诗云：“行路难！行路难！多歧路，今安在？长风破浪会有时，直挂云帆济沧海。”只要我们高挂改革的云帆，振奋精神，增强信心，团结一致，艰苦奋斗，我们就能够克服前进道路上的一切艰难险阻，乘风破浪，到达胜利的彼岸。

（本文原载于《南方日报》1989年3月19日。）

附文　读者来信赞五篇评论

进行形势教育的“及时雨”

——读《南方日报》一组评论员文章有感

陈初文

正当部队普遍开展形势教育的时候，我们陆续读到了《南方日报》的几篇“本报评论员”文章——《莫以一时得失论改革》《改革的道路不可能直而又直》《积极的方针需要积极的态度》《商品经济与消极现象》《同舟当共济》。这几篇评论主题鲜明，内容“解渴”，正好成为我们进行形势教育的参考材料。感谢《南方日报》给我们提供这组文章。我在广州军区空军政治部参与抓部队形势教育工作，对此感受特别深。我们觉得，这组文章好就好在：

（一）针对现实问题，抓到了点子上

部队经常进行形势教育，但是今年比以往难，因为不少现实问题摆在面前：随着地方经济发展，收入提高，有的军官不如随军的妻子收入高，有的伙食有所下降。这些现实问题，直接影响官兵对形势的看法和改革的态度。避开现实讲形势，空对空，大家不会服气，陷入具体问题，又一时说不清楚。《南方日报》2月12日发表了《莫以一时得失论改革》，一读题目就使人眼前一亮。文中所述，不正是在解我们心中的“扣子”么？真是对症下药，一针扎到了“穴位”上。发表的时机也好，真是“好雨知时节”“润物细无声”。我们的一些单位把这组评论列为形势教育的参考文件，一些单位运用评论中的论述，以“用什么标准来评价改革？是以个人一时的得失为标准，还是以社会是否进步为标准”为题目，展开讨论，帮助大家跳出个人“小圈圈”。从以“物价标准”、个人“实惠标准”、“菜篮子标准”看形势，上升到从社会发展的高度来看形势，从新的角度看待改革和开放。

2月17日的《改革的道路不可能直而又直》，针对性很强，帮助人们校正对改革的期望值。文章对一段时间流行的“一包就灵”“一放就活”“一改就好”等“一……就……”公式的分析，很有见解，对改革的艰巨性、复杂性和长期性说理也比较充分、实在。这篇文章及其他文章所论述的道理，用以分析社会上和部队中的牢骚、怪话、“顺口溜”，很管用。

群众对形势教育有一种逆反心理。有的认为是“老一套”，有的认为没必要——形势好不用教育，形势不行教育也不行。《南方日报》这组评论却颇吸引人，有些单位出现了平时少见的“镜头”——官兵认真阅读政治评论。这些评论给人一个启示，只要贴紧现实，抓住群众心头的问题，把话说到心坎上，形势教育照样可以吸引人。

（二）围绕“热点”，巧解难点

物价上涨，分配不公，消极现象，是人们议论纷纷的“热点”。商品经济与消极现象是什么关系，很难说明白。在这几篇评论中，我觉得《商品经济与消极现象》写得最精彩。在部队比较流行的说法是，消极现象不关商品经济的事，不是改革带来的。一般只讲到这样的程度："消极现象与商品经济的要求格格不入，恰恰是改革不彻底、机制不完善的表现，要靠深化改革，大力发展商品经济来克服。"而对商品经济与消极现象的关系，不便沾边，也不敢沾边。结果有的讲课者振振有词："两者格格不入。"听课者窃窃私语："两者为何'相伴'而来？"难以入耳入脑。

《商品经济与消极现象》迎着这个问题，以较深的理论功底和实事求是的勇气，在"与"字上下刀解剖，简明扼要地分析了消极现象产生的六种条件，从而得出结论：消极现象"是同商品经济发展的一定阶段相联系的，是商品经济有所发展而又发展不足的产物"。文章的内容既克服了商品经济与消极现象不搭界"无关论"的片面性；又克服了只要发展商品经济，消极现象就会如影随形的"必然论"的简单化。从而解开了人们心中疑团，令人信服地接受了评论指出的解决办法，不是退回自然经济的环境中去，而是要继续发展商品经济，逐步建立和完善商品经济的新体制、新秩序。读了这样的评论，我们得益匪浅。

（三）语言活泼，使人乐于接受

党报要吸引人，难；党报的评论要吸引人，尤其难。《南方日报》这组评论之所以能够吸引人，除了上面提到的两点外，语言方面用功夫也是一个重要因素。几篇评论语言运用有三点值得我们学习借鉴。

其一，不生硬。评论员能够将自己摆在与读者平等交流的位置上，不是居高临下，而是摊开问题，徐徐道来。比如对群众的牢骚、怪话、消极言论，没有板起面孔训人斥人。就是对那些"存在侥幸心理，明压暗不压，想避过'风头'"的消极态度，也没有动气搞“大批判”，而是冷静地陈利弊，论全局，晓之以理，“润物细无声”。报纸不是文件，人家可读可不读。善于引人入胜，让其自觉自愿接受报纸的观点，那才是真功夫。假若评论充斥“要”“不要”“不能”“必须”等，硬邦邦，邦邦硬，再用心，效果也不会很理想。

其二，不片面。讲消极现象时，不把话说绝。如“随着商品经济的进一步发展和新体制的完善，有些会逐步消失，有些会减弱，有些则还会长期存在”，不搞“一……就……”那一套。在分析“一放就活”“一包就灵”时，恰如其分地给以“历史评价”“就第一阶段的故事而言，这些说法并不是没有道理的”，不搞昨天全盘否定前天，今天全盘否定昨天，使人听来觉得是那么回事。

其三，不干巴。评论中有不少生动活泼的语言。第五篇题目“同舟当共济”，以及“不能因噎废食，也不能因食任噎”，对成语典故作了灵活运用。“不能当‘乘客’，都要当‘水手’”、“经济过热正是头脑过热所致”、有人要“向改革‘讨债’”、“明压暗不压，想避过‘风头’”、“新体制诞生前夕必然出现的‘阵痛’”等，是对群众语言的巧妙引用。把消极现象喻为“从自然经济向商品经济过渡阶段的综合征”，新颖恰切，通俗易懂。

总之，这组评论的语言，不生硬使人感到可亲，不片面使人觉得可信，不干巴增强了可读性。

这几篇评论，也有不足之处。冒昧议论如下：一是有些重复，拆开读单篇，不觉得。连起来读，就有感觉了。二是《同舟当共济》文末引用李白诗句，“行路难！行路难！多歧路，今安在？长风破浪会有时，直挂云帆济沧海”。我觉得不大通俗，似太“雅”了点。再说，目前改革，是“行路难，行路难，有坎坷，怎么办？”还不至于“多歧路，今安在”。三是对改革中的一些失误没有展开来论述，而这又是进行形势教育不能回避的问题。也许这个问题报纸需要回避，难以苛求，但毕竟我觉得是一个缺陷。

不当之处，请指正。

（本文作者单位：广州军区空军政治部。）

再造广东新优势

改革开放的14年，是广东思想大解放、经济大发展的黄金时代。现在，广东的经济实力、社会条件、实践经验，都形成了一定的优势。在新一轮改革开放的大潮中，如何抓住机遇，迈开大步，再造广东新优势，是摆在全省人民面前的重要课题。

要再造广东新优势，必须认清广东优势之所在。当前，国内、国外的形势，都为我们的大发展提供了难逢的良机。机遇是客观存在的，能否抓住机遇，则取决于人们的精神状态和认识能力。有的同志认为，20世纪80年代广东有“先走一步”的政策优势，现在“特殊政策”已经变为“普遍政策”，广东没有什么优势可言了。这种看法虽然指出了新形势下出现的新问题，但其认识存在片面性。广东80年代的大发展，不仅在于有政策优势，更重要的还在于会用政策、用足政策，即善于抓住机遇，把政策优势、地缘优势（毗邻港澳）、人缘优势（华侨众多）化为现实的经济优势。事实上，党中央、国务院要求广东“先走一步”的大政策并没有变。过去是“先走一步”探索改革开放之路；现在党的十四大要求广东用20年的时间基本实现现代化，实际上就是“先走一步”探索实现现代化之路。这两个“先走一步”体现了事物发展的阶段性和连续性。前者的重点在于冲开旧体制的束缚，即排除一切阻力，在旧体制的重围中“杀开一条血路”。后者的重点在于建立社会主义市场经济的新体制，形成社会经济良性运行的新机制。广东要“先走一步”，比全国其他地方提前30多年实现现代化，这就是我们最大的优势，也是最大的机遇。明乎此，我们就应该继续用足、用活政策，勇于率先在建立市场经济新体制方面走出一条路子来，再造广东的机制优势、体制优势。

要再造广东新优势，必须有强烈的竞争意识。竞争是调动人的积极因素，推动事物发展的强大动力。过去广东实行的特殊政策，现在全国都可用，竞争对手多了，这是好事。一方面，经过广东的试验、实践证明是行之有效的政策在全国推广，有利于巩固广东的改革开放成果，推动广东的发展。现在全国都在做，不仅鼓舞我们理直气壮地做，而且鼓舞我们更大胆地试，更大胆地闯。另一方面，全国在同等条件下竞争，有些地区在某些方面超过我们，跑到了前面，也能激励我们急起直追，更快更好地发展。面对群雄崛起、强手如林的竞争形势，我们既要看到自己的优势，充满信心，又要虚心学习各地的好经验，不断创造新的经验，迎接新的挑战。譬如说，全国沿海、沿边、沿江、沿路全面对外开放，内地许多地方资源丰富、工业基础雄厚、劳动力更廉价，吸引外商投资更有利，确实对广东造成了压力。但是，我们完全可以把压力变成动力，推动广东进一步改善投资环境，加强内部管理，提高经济效益。同时，采取新的办法、新的措施吸引外商，如主动迈出国门，广泛做好公关工作，可大兵团，也可小部队；可综合，也可单项进行招商，并着重联系大财团，抓好大项目。这样，广东对外开放就会有新突破，迈出新步子，形成新优势。

要再造广东新优势，还必须有明确的超前意识。所谓超前意识，并不是要求大家去办力所不能及的事，而是指办事情、想问题要有长远的眼光、长远的规划。我们要用20年基本实现现代化，从现在起，就要用现代化的眼光来看待当前的工作，规划当前的建设，为现代化的宏伟大厦打下坚实的基础。首先，在教育和科技上要有超前的发展，才能逐步形成人才上的优势，从智力上保证现代化的实现。其次，交通、能源、通信等基础设施也要超前发展，这是解决当前制约广东经济发展因素的紧迫措施，也是再造广东新优势的基础工程，为现代化提供可靠的物质保证。各地社会经济发展水平不同，超前发展的情况也应有区别。总的说来，都应根据现代化的要求，制定一个高标准的超前的科学的规划，分步实施。这样可以少走弯路，用较少的投资取得最大的社会和经济效益。用20年基本实现现代化的新目标的确立，是一种新的动力。我们既要有超前的意识，又要扎扎实实地工作，一步一个脚印地向着现代化的宏伟目标前进。

（本文原载于《南方日报》1993年5月8日，获1993年度广东新闻奖一等奖。）

来一次城市“包围”农村

改革开放16年来，广东社会经济发展取得了举世瞩目的成就。权威部门的统计资料表明，广东在总体上已实现从农业社会到工业社会的历史性飞跃。与此相适应，必须实行战略重点的转移，来一次城市“包围”农村，即发挥城市的政治、经济、文化的辐射功能，带动农村实现工业化、城市化。

通过工业化推动城市化，这是世界上发达国家和地区已经走过的路，我们也正在走这条路。发达国家和地区社会经济发展的经验告诉我们，实现农村工业化、城市化，是实现现代化的前提。广东要用20年基本实现现代化，从现在起，就要大力推进农村工业化、城市化。全国解放以后，我们学习外国的发展模式，形成工业与农业分割、城市与农村分割的二元经济格局，发达的城市与落后的乡村长期并存。改革开放以来，广东特别是珠江三角洲地区，突破了二元发展模式，通过发展乡镇工业，推进农村城市化，走出了一条城乡一体化的城市化道路。如果说，我们过去是“摸着石头过河”，那么，现在就要通过总结经验，自觉按城乡一体化的要求，作好跨世纪的战略规划。要用发展社会化大生产的眼光，对产业布局、城市体系进行科学研究和论证，超前作好规划，分步实施；要加快户籍制度、劳动用工制度和社会保险制度的改革，促进城乡劳动力交流，从而推动农村工业化和城市化健康、快速地发展。

城市经济在工业社会中占据主导和支配地位。推进农村工业化、城市化，要求我们把工作重点从农村转移到城市。实际上，近年来各地的工作重点是“转移”了，但大多是沿着二元模式的惯性去“转移”，即抓了工业而忽视农业，顾了城市而丢了农村。要使口头上重视农村和农业变为实际上重视农村和农业，就必须“换脑筋”，确立立足城市，推进城乡一体化的新思路。通过抓农村工业化促进农业现代化，抓城市发展带动农村发展，从而逐步消除工农差别和城乡差别，使农村居民过上像城里人一样的生活。广东经济发达地区的实践证明，在农村工业化、城市化过程中，吸收了农村剩余劳动力，防止其盲目向大城市流动；工业的发展为农业现代化提供了资金、技术上的支持；人口在当地新兴城市集中，又为农业规模经营创造了条件。目前广东已有21个地级市、30个县级市、1321个小城镇，城市人口（包括部分农业人口）已占全省总人口39%。在珠江三角洲，城市化水平已达41.7%，整个珠江三角洲已形成了以广州为核心的城市群。城市不再孤立于农村，而是全社会人流、物流、资金流、信息流运行的中心。在这样的条件下，立足于城市，充分发挥城市的经济、文化辐射功能，带动农村工业化、城市化，推动农业现代化，不仅是必要的，而且也是完全可能的。这是加速全省现代化进程的必由之路。

从农业社会进入工业社会，不仅意味着生产方式的转变，而且意味着生活方式、价值观念和社会心理的转变。因此，在思想文化建设上也要来一次城市“包围”农村——推动城市文明向乡村辐射，用现代城市文明教育民众，培养新的生活方式、行为方式和价值观念。习惯是一种惰性力量。在许多新兴小城镇，居民把在农村长期形成的旧风俗、旧习惯带进城里，形成气候，与城市生活显得很不协调。城市文明的生活方式传递到这些地方，往往被扭曲得面目全非。可见，农村城市化，绝不仅仅是交通、能源、通信、市政工程等基础设施和宾馆商厦、广播电视等服务、娱乐设施的建设，思想文化建设的任务更艰巨。只有当居民形成新的城市文明“习惯”，才能说是真正城市“化”了。

广东社会经济发展很不平衡，城市“包围”农村只能因地制宜，不可一哄而起。对于山区来说，可以借鉴沿海地区的经验教训，发挥“后发优势”，使农村工业化、城市化道路走得更好，步伐更扎实。而对珠江三角洲等发达地区来说，则要加强对山区的经济、文化辐射，带动山区加快工业化、城市化的步伐。

（本文原载于《南方日报》1994年12月29日，获第三届全国省区党报新闻奖一等奖、广东新闻奖一等奖。）

附文一

一篇很有指导意义的评论员文章

姜　炜

《南方日报》1994年12月29日评论员文章《来一次城市“包围”农村》，是一篇对广东20年基本实现现代化很有指导意义的文章。

文章提出了“确立立足城市，推进城乡一体化的新思路”，指出：只有实现农村工业化、城市化，才谈得上全面实现现代化，而农村的工业化、城市化，必须靠中心城市综合功能的辐射和带动，农村工业化又有力地支持和推动了农业现代化。在推进农村工业化、城市化的同时，必须大力推进城市文明、现代思想文化向农村辐射。这就构成了现代化的整体内容。

但是，过去由于立足城市，推动城乡一体化的思路未形成，正确的工作指导思想未确立，结果讲的是一回事，干的是另一回事。在城乡建设、工农业关系问题上，什么时候上级强调哪方面重要，就抓哪方面的工作，缺乏自觉性，不少地方至今仍存在工业与农业分割，城市与农村分离的二元经济格局。

由于经济的迅猛发展，广东的许多县城和部分乡镇所在地，已出现了相当规模的城市群体。这些新城，盖了许多工厂企业，建了许多宾馆酒店，建了许多商住楼宇，铺了许多水泥道路，但其中有相当一部分新城，居民点周围多的是工厂、烟囱，缺的是商店、学校、医务点，道路左弯右拐。新城不成城，杂乱无章，没几年就得重新改造。同样，有的富裕起来的农村，盖了许多新房子，但多数是见缝插针，没有整体规划，乱了章法，结果，只见新屋不见新村。这些，都是规划滞后的深刻教训。

有的地方，为了加速经济的发展，一个劲地抓第二、第三产业。如评论员文章所述，他们“抓了工业而忽视农业，顾了城市而丢了农村”。这种情况，使广东有的地方付出了以农业的萎缩换取第二、第三产业发展的代价，出现了前两三年重工轻农、重钱轻粮的被动状态。虽经中央和省委反复强调，1993年以来情况有所好转。但“口头农业”“文件农业”“会议农业”的问题是否解决了呢？未必！为了加快农村城市化、城市群体化的进程，使广东20年能够基本实现现代化，省委要求有条件的县改为市。这是加速社会发展具有积极意义的举措。但有些撤县建市的同志认为：既然是市，就要名副其实地抓第二、第三产业，抓城市建设与管理。但是，他们在抓第二、第三产业时却忽视第一产业的基础作用。显然，二元发展模式问题仍在起作用，城乡一体化的工作指导思想仍未确立。

总之，无论城市本身的规划、建设和管理，或者工业与农业、城市与农村的关系，都存在一系列不可忽视的严重问题。这些问题，都是实现现代化的根本障碍。我们曾说：犯错误不要紧，改了就好。但在城市规划和建设问题上，在工农业关系上，出了问题，犯了错误，改也难。高楼建起来了，要改，只能推倒重来。这种错误，只能防患于未然，等到既成事实，难改。因此说，评论员文章提出的问题，具有很现实的指导意义。可以说，“确立立足城市，推动城乡一体化的新思路”从另一个方面充实了省委提出的建立珠江三角洲经济区的内容。这个问题不解决，即使实现现代化的各项指标达到了，也很可能出现一种城市不像城市，农村却无乡土和自然气息的非牛非马状态，出现一种牺牲农业发展工业、牺牲农村发展城市的被动局面。

附文二

赞“包围论”

姚柏林

《南方日报》1994年12月29日《来一次城市“包围”农村》的评论员文章标题醒目，主题鲜明，层次清晰，文字不长。读罢此文，笔者感慨万千。该文，从世界发达国家的发展经验到我国长期“二元经济格局”的教训，说明了“包围”的必要性；从珠江三角洲的城镇成为“四流”（人流、物流、信息流、资金流）中心的现实到全省城市人口比例的变化，说明了“包围”的可能性；从生产方式的变革到引起的生活方式、价值观念和社会心理的转变，说明了“包围”坚持“两手都要硬”的重要性；从分析全省16年来坚持改革开放所取得的成就和经验，充分说明了“包围”需要把握因地制宜原则的灵活性等，论证了“来一次城市‘包围’农村”的历史必然性。文章立意很高，眼光深远，读到如此清新的“官方”言论，是许久以来的第一次。

作为驻粤军人，我们不少同志从文章发表就开始议论，至今“侃”劲不减。大家为此兴奋、为此评说、为此设计，是“参政议政”最广泛的一次。盼《南方日报》续写“包围”下篇，多作“包围”一类的评论文。

第三章　关于新闻评论的写作

新闻评论是一种政论性的新闻体裁。它直接针对当前的事件、事态和人们普遍关心的问题表明态度，发表看法。

根据笔者多年来写评论的体会，并参考相关论述，我认为写新闻评论要注意以下几个问题。

新闻评论的特点

新闻评论作为政论性的新闻体裁，决定了它的三个特点：时效性、针对性、说理性。

（一）时效性

直接针对即时发生的新闻事件或当前存在的社会问题、认识问题发表意见，不能开“马后炮”。这是新闻评论与一般政论文、学术论文的区别。

1988年闯物价关，引起物价飞涨，通货膨胀，山雨欲来风满楼。1989年初《南方日报》发表了5篇关于形势问题的系列评论：《莫以一时得失论改革》《改革的道路不可能直而又直》《商品经济与消极现象》等。社会反响强烈，认为这组评论是进行形势教育的“及时雨”，广东省委书记林若在全省政工会议上表扬了这组评论。

（二）针对性

时效性决定了针对性。它要求评论员及时、迅速地对刚出现的新闻事件、社会问题作出反应，而且要求找准问题，“刺刀见红”。

20世纪80年代，广东先走一步发展经济，社会面貌有很大改变。各省纷纷前来广东参观学习，总结出来一条广东经验：广东人会“用足政策”。《论“用足政策”》（1988年5月2日）一文就如何运用政策、用足政策表明了看法，划清了用足政策与“钻政策空子”“上有政策、下有对策”的界限。文章发表后《人民日报》全文转载。

（三）说理性

新闻评论的说理，不能就事论事，也不能就理论理，而要就事论理。这个论理，不是一般地宣传基本原理，更不是学术性的理论研究，而是要去分析和解答现实问题，就是要对特定时间、地点、条件下的具体事物作具体分析，给予理论上的说明。所以说，说理性与针对性又是有联系的。如2008年汶川大地震，全国人民献爱心。有人对捐款进行排名，甚至提出建立一个“外企铁公鸡”榜。《人民日报》发表《捐款莫搞排行榜》（何振华）一文说理非常充分：①捐款仅是表达爱心的一种，“我没有钱，但是我有血！”；②慈善无价，爱心不能用捐款多少来衡量。穷人10元与富翁10万元、百万元是等价的；③慈善的本质是真情，慈善的原则是自愿。

说理的过程，就是说服人的过程，也就是导向舆论的过程。怎样才能说服人呢？“理论要说服人，就必须彻底，所谓彻底，就是抓住事物的本质。”若有志于搞新闻评论，就要注意锻炼理论思维，提高理论思维能力。

有些配新闻稿件的评论，没有评，也没有论，只有述——复述，即复述新闻稿件的主要内容，因而起不到评论的作用。

有些评论，超出新闻稿件的局限，抓住人们共同关心的问题展开论述，不仅起到画龙点睛的作用，甚至起了“喧宾夺主”的作用——出于新闻而高于新闻。

新闻评论的立论

新闻评论的立论要针对即时的新闻事件或社会出现的新问题发表看法，表明态度并阐述其理由。原则上与写作论文是一致的，就是论点、论据、论证“三要素”的提出、结合和展开。

论点是论文的宗旨、灵魂，论据是证明论点的依据，论证揭示论点与论据之间的逻辑联系。论证方法就是逻辑方法，有例证法、引证法、归纳法、演绎法、对比法、比喻法、归谬法，等等。

（一）如何提出论点

新闻评论的时效性，决定提出论点必须从即时的新闻事件、事态，从当前人们共同关心的问题，从社会发展出现的新情况中抽象出来，而不是从书本上去找题目。

第一种是从即时的新闻事件、事态中提炼观点，具有直观性，比较容易抓住。但要求对新闻事件即时作出反应，说容易也不易。同一新闻事件，可以从不同角度切入，这同报纸的定位有关，也与人们的认识水平有关。1993年元旦前后，香港歌星来广州演出，引起了一股追星热。对此，媒体纷纷从社会风气、学校教育、家庭教育等方面提出看法。《南方日报》1993年1月2日发表的《少年朋友，站起来》一文，另辟蹊径，从少年自身的生理、心理特点出发，提出偶像崇拜是一种自然现象，问题在于如何去“拜”，引导少年朋友认识自我、发展自我，通过刻苦学习、锻炼成为明日之星。

第二种、第三种不具直观性。“人们共同关心的问题”“社会发展出现的新问题”，不能靠感官去感觉，而要靠思维去把握。思维要把握新问题，就必须关注生活，观察生活，掌握现实生活存在和发展变化着的诸多新情况。

《红楼梦》有一副对联：“世事洞明皆学问，人情练达即文章。”现在我们给予新的解释：世事——社会之事，天下大势；人情——人与人的关系，如何处世。有理论思维能力，才能洞察世事，了解人性，知道民众在想什么，需要什么，才会有锐敏的观察力。毛泽东同志说：“感觉到的东西我们不能立刻理解它，只有理解了的东西才能更深刻地感觉它。”什么是更深刻地感觉？这就是我们平时说的“有眼力”“感觉敏锐”。它是以理论功底为基础的。为什么有人提出问题，有人提不出问题？为什么看到听到同一件事，有人抓住了，有人抓不住，即所谓视而不见，听而不闻，区别就在这里。

人对客观事物的认识，是以原有的知识结构为基础的，并受知识结构的制约。例如，观察一棵树，各学科的专家从不同角度对它进行研究，有的研究它的历史演变，有的研究它生长发育的条件，有的研究它的药效。画家研究它的形象——阴柔美或阳刚美，哲学家则研究它的本质——是物质还是幻影，等等。

对社会现象、经济现象的认识，也同样受到知识结构的制约。这是从不同侧面、不同层次认识事物，不是唯心主义。写文章，特别是新闻评论，要写出“人人心中所有，人人笔下所无”的东西。“人人心中所有”，就是大家“感觉”到了，但是没有明确的认识。当你把明确的认识写出来，就会引起共鸣（心理共振）。要达到这样的境界：言人之所未言（新观点），言人之不能言（认识水平），言人之不敢言（理论勇气）。

（二）怎样选择论据，并运用论据去论证观点

论据有事实论据、理论论据之分。所谓“引经据典”，“经”就是理论论据，“典”就是事实论据。

总的要求是，选择论据要围绕论点来选。选的过程就是收集资料的过程，同时也是深化认识的过程。

1.选材要典型

典型就是有普遍意义。通过特殊反映一般，揭示共性。在这里，要特别注意一种倾向，那就是从个别的前提，得出一般性的结论。20世纪末至21世纪初，有一位姑娘为能与某歌星见上面、说上话，逼迫父亲卖房卖肾，直至将父亲逼上绝路——跳海身亡。有一家报纸发了一篇文章说得很极端（2006年3月24日）：“我们不能仅仅把这一事件看作是一个人的精神危机，从更大的意义上讲，我们更愿意把它当成是一场关乎全社会的文化危机和信仰危机。”追星是一种普遍的社会现象，而那位姑娘以死追星则是一种个别现象，是否有精神问题另当别论。在青少年追星的问题上，《南方日报》发表的《少年朋友，站起来》一文就说得很客观、在理。

社会现象是复杂、多变的，要找任何例子去说明任何观点都是做得到的。如果所选的材料是个别现象、偶然现象，立论就靠不住了。

2.选材要真实

真实有两方面的含义：一是不要弄虚作假，把假新闻、社

会的流言蜚语拿来当论据。二是不能拿个别的、偶然的现象来当论据。

理论论据的真实性，要注意其前后文的连贯，不能断章取义，更不能把原义说反了。某报2010年1月10日发表的《曹操是中国文化的罪人》，其论据是引用陈寅恪一段论述曹操的话，并明确说陈寅恪宣告“曹操是中国文化的罪人”。两日后，即有文章指出，陈寅恪没有说过这样的话。即便陈寅恪有这样的论断，也不能证明“曹操是中国文化的罪人”。

3.选材要新颖

有新颖的思想，要用新颖的材料、新颖的语言来表达。所谓新颖，并不是说一定要是“新闻”，“旧闻”即典故，用得好，也有新意，也能变得新颖。《人民日报》2008年10月10日发表的《用其力还是用其心》，就是老题材出新意的力作。

新闻评论的文风

文风，是指文章的风格、风尚。文风与思想观点是紧密相连的。古语云："言为心声。"就是说，文章是内心世界所思所想的外化，化为声，化为文。

新闻评论的文风，总的要求是三性：准确性、严密性、生动性。

（一）准确性

准确性包括判断准确、事实准确、说理准确，就是要言之成理，揭示事物的内部联系。三者中，最关键的是判断要准确。

判断准确，才能立论正确。要善于抓住事物的本质及其发展趋势。

《南方日报》1989年初发表关于形势的5篇评论，中心是围绕两个问题。一是改革是改好了，还是改坏了？是给人民带来了利益，还是损害人民的利益？这里必须说明改革的复杂性、艰巨性、长期性，矫正人们对改革的期望值。譬如修路，总要经过挖地基、填新土、铺水泥的混乱时期，才能修成一条笔直宽阔的道路。二是如何看待改革开放以后社会出现的消极现象（腐败、官僚、黄赌毒）？这个问题有两种论调：必然论、无关论。评论既指出了消极现象产生的必然性（条件、根据），又指出消极现象的产生随着改革的深入是可以控制的。

这组评论的若干具体判断，是依据对改革的基本判断：改革是从农业文明到工业文明、产品经济到商品经济的历史飞跃。在新秩序的诞生过程中，社会“阵痛”是不可避免的。

1990年以后，东欧剧变，苏联解体。“中国向何处去”成为人们议论的中心。《走自己的路》（《南方日报》1992年1月6日）反对当时“反和平演变”为中心的论调，提出坚持以经济建设为中心，指出两个基本点都是为经济建设这个中心服务的论断。

（二）严密性

评论通过概念、判断、推理等逻辑形式表达思想内容，因此它要求表达过程（论证过程）的严密性。

论证严密，就要防止走极端。如批评社会消极现象，不能把社会描绘得一团漆黑；批评干部队伍中的腐败现象，不能用“机关枪扫射”；批评“金钱万能”，不能把钱说成是万恶之源；批评娱乐场所藏污纳垢，不能把娱乐场所通通关闭。

论证严密，就要防止唱高调。例如，提倡“一心为公”，不能去赞扬多少年不回家，“在单位是好领导，在家不是好丈夫、好父亲”；提倡艰苦奋斗，不能提倡有病不吃药、不休息。

论证严密，还要注意概念统一。某报发表题为《慢说“仇富”》的文章，“仇”的主体不明确，是国人还是穷人？“仇”的对象不明确，是仇财富还是仇富人？导致结论走向反面：“这样带着罪孽的财富，能不招人恨吗？”标题告诉大家不要说社会在“仇富”，结论说社会正在“仇富”。

（三）生动性

评论主要是运用逻辑思维，但并不排斥形象思维。一篇好的评论，要充分调动修辞手法，尽可能运用形象、生动的语言来表达。

子曰：“言而无文，行之不远。”文：指文采。远：从空间上指广，从时间上指久。

呆板、刻板的文风，不知源于何时。总之，“一定要”“必须”“绝不允许”之类训人的语调，充斥了评论。其实，马克思主义的文章并不是这样的。严肃如《共产党宣言》，开头就是：“一个幽灵，共产主义的幽灵，在欧洲徘徊。”谈到封建的社会主义，“把乞食袋当作旗帜来挥舞”“屁股上带着封建的纹章”，于是哈哈大笑，一哄而散。《〈黑格尔谈哲学批判〉导言》，通篇几乎是用格言来写的，如“人创造了宗教，而不是宗教创造了人”“批判的武器不能代替武器的批判”，等等。

用形象、生动的语言来说明深刻的道理，可以增强文章的可读性，使所论述的道理易为受众所接受，从而增强影响力。

《南方日报》1987年5月25日发表的《“寒童”的呼唤》，语言生动活泼：“如果说，当年杜甫以诗人的浪漫主义去同情‘寒士’，那么，今天我们应该以实践家的现实主义来关心‘寒童’。”“据说现在高级宾馆已有过剩之虞，于是我也有一个小小的奇想：如果少建一间高级宾馆，能建多少校舍？我的意思并不是说宾馆可以不建，更不是说要把宾馆改成校舍，自然也不是说要把校舍建得像宾馆那样富丽堂皇。但用抓宾馆的劲头来抓校舍，总是可以的吧？”

《把握时代的脉搏》一文写道：社会舆论“要为新文明的诞生提供精神上的动力，使社会母体在分娩的痛苦挣扎中挂上微笑的泪花。”有人据此评曰：“不要以为陈镇宏注视现实的目光总是那么冷峻，有时也具有催产婆式的温柔。”

新闻评论的结构

有一位哲人说过，认识的过程是由具体到抽象，叙述的过程则是由抽象到具体。评论的结构应该是先反映认识的结果，再论述认识的过程，即先摆观点，后讲理由。具体说来，新闻评论的结构分为三大块：绪论、本论和结论。

（一）怎样写绪论

1.直接提出论点

这种方法要求开门见山，旗帜鲜明。如《来一次城市“包围”农村》（1994年12月29日）写道：“改革开放16年来，广东社会经济发展取得了举世瞩目的成就。权威部门的统计资料表明，广东在总体上已实现从农业社会到工业社会的历史性飞跃。与此相适应，必须实行战略重点的转移，来一次城市‘包围’农村，即发挥城市的政治、经济、文化的辐射功能，带动农村实现工业化、城市化。”

2.提出一个问题，或指出一种错误认识，然后表明态度

《商品经济与消极现象》（1989年3月5日）一开始就指出两种错误的倾向，并亮明其“不可取”的观点：当前，有些人将社会上出现的各种消极现象笼统地归结为商品经济的必然产物，由此出现两种极端的倾向——一种认为商品经济不能再搞下去了，另一种则见怪不怪，放任自流，甚至随波逐流。这两种态度无助于克服消极现象，又有害于商品经济的发展，是不可取的。

3.提出一个事实，然后归纳出一个观点

《话说精神饥饿》（1991年9月5日）开头简要描述了书市盛况：绝迹多年的排队抢购现象，近日又在羊城街头出现。不过，人们并非抢购粮油，而是“抢购”书籍。这是全国第四届书市在广州开幕以来出现的一大奇观。文中把这种现象概括为“精神饥饿”。

4.引而不发。即提出问题，而论点在论述过程中得出

《走自己的路》（1992年1月6日）从当时人们心中的迷惑切入：历史跨进20世纪最后10年以来，国际政治风云变幻，一连串意料之外的突发事件，令人眼花缭乱、迷惑不解。“我们怎么办？”（中国向何处去）这个问题已成为人们日常议论的一个重要课题。

（二）怎样写本论

本论是论点的展开，也就是运用论据来证明论点正确性的逻辑推理过程，是分析问题、说清道理的过程。第二、三部分的内容，即立论、文风都是写本论的要求，这里再强调两点：

1.紧扣中心论点进行论证

防止“下笔千言，离题万里”。在这方面，要克服“生怕别人看不懂”的心理，不能在枝节上无限延伸，冲淡了主题。

2.多侧面多层次进行论证

这也反映作者的思想水平和认识水平。《市场呼唤奉献》（1995年12月25日）针对的论点：“市场经济只有追求金钱的动力，缺乏奉献社会的信念”“必须给它注入奉献精神，以弥补其缺陷”。该文从三个层次论证。①从认识论上说明人的道德意识主要从现实的经济关系中吸取。②从经济学上说明市场经济具有讲奉献的内在要求。商品经济与自然经济的区别——为自己生产与为他人生产。商品经济是为满足社会需求而产生的，它自身就有生产优质产品服务社会的动力。③从社会学上说明现实利己主义的泛滥，是市场经济不成熟的表现，并且是市场经济发展的障碍。结论是要把市场经济的客观要求转化为市场主体的精神需求，为完善市场经济秩序构筑深厚的社会心理基础。

（三）怎样写结论

文章开头难，结尾更难。心理学上有“首因效应”，也有“末因效应”，最初的和最后的信息，都能给人留下深刻的印象。但最初的印象有缺陷，后面可以弥补，最后的印象有缺陷则无法弥补。

1.首尾要呼应，不能顾尾不顾头

评论在论述过程中，要始终围绕中心论点，不能偏离中心论点信笔由缰。

2.结论要与本文有必然的联系

即经过分析论证之后，必然会得出这样的结论，要起到画龙点睛的作用。

3.结尾要做到“言有尽而意无穷”，给读者留下思考的空间

如果结论已在本文中讲清楚，就没有必要“画蛇添足”。就是说，结尾并非独立成段不可。可以在本文的末段，用一两句话予以了结。

暨南大学新闻学院及一些地级市报社先后请我去讲新闻评论写作课。有学员问我，你那些重量级的评论是怎样写出来的？我的回答是，要练好两个基本功。一是理论基本功。理论能透过局部看全局，透过现象看本质，有理论才有高度。二是生活基本功。要深入生活，了解群众的要求，听取群众的呼声，与群众心相通，才能产生心理共振，有生活才有深度。此论得到听众认同。

（本文原系笔者讲授新闻评论写作课的提纲，收入本书时省略了若干内容。）

第四章　论文

相对主义人生观剖析

所谓相对主义人生观，是以相对主义作为认识论基础的人生哲学。这种人生观的基本特点，一是夸大事物存在的相对性，排斥绝对性，否定相对中有绝对，把社会变迁、人生祸福看作是飘忽不定、无法把握的，因而对社会和人生采取虚无主义的态度；二是抹煞相对性的客观基础，把人世间的是非善恶看作是没有客观标准的，一切以利己为原则。在社会大变革或大动乱的年代，这种人生观最容易产生和流行。我国经历了长达十年的内乱，相对主义人生观在一部分人中流行。这是一个值得注意的问题。

（一）相对主义人生观当前的主要表现

1. “真理是骗人的”

有的人曾经把谬误当作真理，上过当，受过骗，于是从此否认客观真理的存在。他们认为，“官大表就准”，谁有权谁就有真理。还有人认为，同一件事，说对有理，说错也有理。《红楼梦》中那副“假作真时真亦假，无为有处有还无”的对联，最合他们的口味。既然是非真假没有客观标准，无法分清，于是有些人企图抹煞矛盾差别以达到思维的自我同一，以求得自我解脱。尤有甚者，竟认为一切都是假的，只有自我才是唯一真实的。真实的自我是世界的中心和基础，离开了它，世界的一切都不存在了。

2. “理想是虚幻的”

有的人曾经立志为共产主义理想而奋斗，但在现实生活中遇到了一系列困难：升学、就业、婚姻、房子、孩子……于是觉得追求的理想是那样“渺茫”，有的怀疑，有的打退堂鼓，认为理想无限好，只是镜中花，别再追求了。也有人认为，前途光明看不见，道路曲折走不完，再也没有信心走下去了。他们把历史发展链条的不同环节直接等同起来，不懂得现实是实现了的理想，而理想则是未实现的现实，需要长期艰苦奋斗。抹煞了理想转化为现实的条件性，从而否认了理想的现实性。他们要求理想要立即实现，否则就是虚幻的；他们又要求现实要像理想那么美好，否则就是无边的苦海。许多人因此而“实惠”起来，管它什么理想，爱人、奖金、房子、孩子就是最实在的“理想”。

3. “道德只是空话”

是非善恶，因人而变。有人认为，今天说是坏事，明天就是好事了；这个人说是坏事，那个人又认为是好事了。因此，爱怎么样就怎么样，别管世人议论。还有人认为，道德说教只是讲给别人听的，谁也没有真正实行过，何必作茧自缚？只要能使生活过得好，什么手段都是正当的，于是就取消道德规范对个人的约束，随心所欲，胡作非为。这就是从相对主义走向非道德主义的逻辑途径。

4. “命运决定一切”

命运之说，历来有两种说法。一种是夸大必然性，认为人生一切都是预先安排好的，这是绝对主义的说法。另一种是夸大偶然性，认为人生得失、升降浮沉全靠碰运气，这是相对主义的说法。现在有些人很崇拜“运气”。某人被提拔到领导岗位上，说他运气好；某人调到不太理想的岗位上，说他运气不好。甚至连住新房、调工资、发明创造，他们都与运气联系起来。有人说，有时拼命奋斗而一事无成，有时无所用心、出乎意料的机会却使你一举成名或身登高位。因此，命运非人所能掌握，一生奋斗比不上一次偶然的机遇。虽然机遇在人生旅途中是有作用的，但把它夸大到决定人生的程度，就会把人生弄得飘忽不定，完全丧失了主观能动性，只好坐待命运之神的光顾。尽管我们现在还不能完全消除偶然性对人的统治，但我们的任务是彻底消除这种统治，而不是屈从这种统治。

相对主义人生观的表现，当然不仅以上这些，但上述种种是当前有代表性的。列宁曾经指出：“把相对主义作为认识论的基础，就必然使自己不是陷入绝对怀疑论、不可知论和诡辩，就是陷入主观主义。”在认识人生的问题上也正是这样。以上几个方面的分析表明，一部分人用相对主义观察社会和人生，走上了人生的歧途。在对待周围世界的认识上，由于怀疑真理的客观性，走向怀疑认识对象的确定性，因而把相对的有条件的个人当作“世界的中心和基础”，这就否定了绝对的无条件的世界存在于人之外这个唯物论的基本前提，陷入了主观唯心论和唯我论。在人与人的关系上，由于抹煞人的需要和动物的本能之间的区别，把弱肉强食当作社会发展的“规律”，把自私当作人的“本质”和“社会发展的动力”，这就否定了生产力和生产关系对社会和个人的决定作用，陷入唯心史观。在人生的价值上，由于对社会理想采取虚无主义的态度，因而否认世界上存在着伟大的事业，否定人生有真实的意义和价值。在生活态度上，由于抹煞了真善美和假丑恶的界限，因而把假丑恶合理化并向它看齐，走向了混世主义。在生活准则上，由于混淆了为公与为私的界限，因而提倡“主观为自己”，一切以是否利己为标准，这就必然导致背离集体利益，背离社会主义方向。可见，以相对主义作为认识人生的基础，正是人生的道路越走越窄的根本原因。

（二）相对主义人生观在中国有着深远的历史传统

远在3000多年以前，庄子就提出了一个相当完备的相对主义人生观。庄子认为，一切事物和人的认识都只是相对的，生死祸福、是非曲直根本就无法知道，无法判断。因此，他得出“齐万物、泯是非”的结论。在近代，吴稚晖之流根据实用主义人生哲学，提出了所谓“人欲横流的人生观”，实质上也就是相对主义人生观。他们认为，宇宙间根本就不存在绝对性的东西，只有相对性罢了，人同茅厕里的石头、玫瑰花、苍蝇等，根本就没有什么区别。因此，人生谈不上有什么意义，人生就是演戏，就是胡闹，“随便混闹一阵”，闹到死为止。

在西方，现代形形色色的资产阶级哲学，大多具有浓厚的相对主义色彩。就人生哲学而言，曾风靡一时的存在主义也是一种相对主义人生观。存在主义片面地夸大个人“存在”的主观随意性，认为一切都是偶然而非必然的，人生根本就无法把握。它甚至认为人生就是“荒谬”，是一个永无下场的悲剧。人的一生总是在“担心”“苦恼”中度过，谈不上有什么真实的价值。历史的传统和外来的思想影响，这是相对主义人生观流行的社会根源。

相对主义貌似“辩证”，它甚至比辩证法还更讲“变化”，更讲“灵活”，因而能够冒充辩证法，以假乱真。这是在马克思主义的唯物辩证法占统治地位的情况下，相对主义人生观能为一部分人所接受的一个重要原因。

但是，思想的根源，毕竟深藏于现实生活之中。任何思想的产生和传播，总是同一定社会条件相联系的。不懂辩证法，就很容易产生或接受相对主义思潮。下面试从认识论的角度分析相对主义人生观是如何在动乱时期产生的。

列宁指出：辩证法包含着相对主义、否定、怀疑论的因素，可是它并不归结为相对主义。问题正是出在这个“归结”上。也就是说，把辩证法关于相对性、否定、怀疑等因素单独抽取出来加以绝对化，就是相对主义。而这正是认识的直观性、片面性、主观性的必然结果。事物存在的相对性和认识的相对性，自身包含着产生相对主义的可能性。认识的直观性、片面性和主观性则使这种可能性转化为现实。为了叙述上的方便，下面试将它们分开来考察。

1.认识的直观性使人们对社会和人生的看法只停留在表面现象上，并为现象的易变性、暂时性所迷惑，走向否定质的稳定

性，产生来无影、去无踪之感

社会历史在急剧变化的时代，肯定的东西不断被否定，否定的东西又不断被肯定。其所以被肯定或否定，都有客观原因和依据，并非平白无故发生的。把现象同本质割裂开来并孤立起来，就会否定历史发展的客观规律性，认为一切都是忽此忽彼、变幻莫测的，并由此对社会和人生失去了信心和希望，当然不相信也不会去追求人类美好的理想了。

人的认识总是从现象开始，经过思维的抽象而进入事物的本质，并从初级本质不断进入更深刻的本质。认识的直观性停留在事物的表面现象上，也就是停留在感性的、具体的、个别的东西上。当然，直观性的认识并不是没有抽象思维，只是它从具体上升到抽象的过程中，其方法是简单化的。它的逻辑是个别=整体：一个人在某个问题上有错误，这个人就坏透了；个别人是自私的，则整个人类都是自私的；现实生活存在着困难，则现实是黑暗的，寸步难行。他们不懂得，相对只是绝对的一个部分、一个阶段，在根本否定绝对的同时，又把一切相对的东西直接等同于绝对，简单地从个别的前提得出一般性的结论。虽然一些人认为他的结论是“从痛苦中挣扎出来的”，但个人的狭隘经验毕竟不能代替科学的抽象。相反，只有科学的抽象才能揭示事物的本质。这些人只相信自己的感觉经验，而排斥理性思维，结果正好做了相对主义的俘虏。他们正是从经验出发，沿着直观的思维方法而走向相对主义人生观。

2.认识的片面性在绝对不相容的两极中思维，从崇拜一切跳跃到怀疑一切，从肯定一切跳跃到否定一切，因而从绝对主义跳跃到相对主义

（1）思想信仰上从崇拜一切到怀疑一切

过去把洞察一切的奉为神，句句是真理，绝对照办。一旦发现崇拜对象也有错误，就否定其一切思想。习惯于以绝对精神思考问题、衡量事物的人们，在绝对精神变为一系列相对的包含着错误的现实人的精神面前，出现了难以填补的空虚，彷徨，苦闷，怀疑一切，似乎一切真理都不存在了。真理中包含着产生错误的可能性，错误中包含着转化为真理的可能性，这在片面性的思维中是不可思议的。要么绝对正确，要么绝对错误。现实的人认识的近似性、相对性中包含着的绝对真理的颗粒，这些“真理的颗粒”被抛弃了。于是，从“一切照办”的“凡是”走向了“一切错误”的“凡是”。所谓“信仰危机”，实质上就是怀疑一切的相对主义思潮。

（2）**在对社会现实的认识上，从肯定一切到否定一切**

过去把社会理想化，以为我们的社会只有光明，没有黑暗；只会顺利发展，不会有困难挫折。在经济建设的困难面前，他们认为困难是无法克服的，“四化”只是空谈；在社会的不正之风面前，他们认为社会漆黑一团。这种跳跃式的思维看起来很奇怪，其实很简单：他们把对社会主义的某种片面性的认识当作社会主义现实本身，在否定这种认识的片面性时，连社会主义也否定了，因而走向了另一种片面性。所谓“信心危机”，这正是由片面性走向相对主义所结出的另一个苦果。

（3）**认识上的主观性无视事物存在和发展的客观条件，从个人的爱好、情绪出发判断和评价一切，把相对性变成了随意性，从而把相对性虚无化**

在对自我的认识上，否定自我的作用必须受自然和社会条件的制约，就会把主观能动作用的相对性虚无化，认为它大可以大到主宰宇宙，小可以小到无能为力。在夸大主观能动作用的时候，竟抹煞了认识主体和客体的差别，并把它们的关系颠倒过来，因而出现了一种幻觉：把自我关于世界的观念变成独立存在的实体，又说它本来就存在于我的心中，因此自我是世界的基础。否定主观能动作用，就是把造成成败的偶然因素无限夸大，变成了统治人全部活动的异己力量。这种异己力量的至上性正是自我的力量的非至上性在思维中的倒影。

在对人与人的关系的认识上，否定行为的社会责任，遇事以是否有利于自己为原则，就必然把道德的客观原则主观化，把道德的客观制约虚无化。其结果是对善的行为没有道德上的满足感，反而认为是“傻瓜”；对恶的行为没有道德上的批判力，反而觉得“合理”。这种道德能力的丧失，正是源于对人的道德能力的怀疑。在现实生活中，真善美与假丑恶颠倒出现的情况是常有的，但这种情况并不能说明道德标准是任意的，历史终究会以社会的客观利益对人们的行为作出公正的评价。有些人却由此而否定了道德价值和道德评价的客观性，从而怀疑人们的道德能力，得出了“主观为自己，客观为别人”的结论。当他们不是以道德原则来规范自己而是以道德规范来“为自己”的时候，正是把自己的道德能力埋葬于相对主义之中。

从以上分析，可以看出相对主义人生观在前一时期的一度风行，是有其深厚的社会历史根源和认识论根源的。那么，出路何在？我认为，搞好安定团结的政治环境和努力实现“四化”，为不断提高群众生活，创造可靠的物质基础，是非常重要的，这是一个方面。另一方面，做人的工作，最重要的还在于从思想入手，使人们学会运用辩证唯物主义来观察社会和人生，自觉地清除相对主义人生观，树立辩证唯物主义人生观，毕生为探索真理、为建设强大的社会主义祖国而奋斗。

（本文原载于《江海学刊》1983年第5期，《新华文摘》1983年第11期全文转载，获广东社科联优秀科研成果奖。）

寻找人生的方向与规律

青年时期是人生的一个重大的转折点。从对父母的依赖中解放出来，独立地走上社会生活，必然要考虑摆在面前的一个严肃的问题：应该做一个什么样的人？应该走什么样的路？这就是人生观的提出和确立的时期。一个人意识的发展，重复着人类意识发展的历史过程。人类只是在其发展的一定阶段，才意识到自我的存在，把自我同自然界对立起来并把自然界当作认识和改造的对象。一个人也只是在脱离父母的保护以后，才开始发现自我在社会中的存在和作用，开始考虑如何做人的问题。这时候，青年人往往苦于入世未深，不能应付纷至沓来的社会现象；苦于知识不足，不能对社会现象作出自己的评价；苦于思维能力不强，不能找出社会现象的前因后果。因此，他们急切需要得到科学的人生哲学的指导，以开拓人生的前景。哲学不关心人，人就不关心哲学。哲学不关心人，哲学就失去了物质的基础；人不关心哲学，人就失去了精神的支柱。

（一）人的本质是人生观的基本问题

科学人生观从处于具体社会关系的现实个人出发，把人生观奠基在对哲学基本问题的科学回答基础之上。人生观起源于对自我的认识，自我即人的本质是人生观的基本问题。人是什么？是物质世界长期发展的最高产物，还是上帝造出来的？是自我规定社会，还是社会规定自我？这些问题的回答一点也不能离开哲学基本问题。青年毛泽东在确立自己的人生观的时候，就认为“必先研究哲学伦理学”，探讨世界的“大本大经”，“从其所得真理，奉以为己身言动之准”（见1917年8月23日致黎锦熙的信）。正是由于青年毛泽东把人生与世界、国家的大本大经联系起来考察，因此，一旦找到了唯物辩证法的真理，就高屋建瓴，势如破竹。革命导师的青年时代为我们开辟了一条科学地探讨人生的道路。这就是站在理论思维的高峰来看待人生，才能看得真切。“会当凌绝顶，一览众山小。”如果我们站到唯物辩证法的高度上，那么我们就会看到，在人类出现以前，自然界早就存在着，而人则是自然界的产物。从类人猿到人的进化，就需要几百万年的漫长历史。如果把人归结为动物，那是一个多么惊人的历史倒退。当然，人是从动物进化而来的这一历史事实，决定人必然残留着兽性，但不能归结为兽性。人必须吃喝才能生活，这是人的自然属性。人为了生活又必须劳动，劳动一开始就是社会的实践，在劳动中人们结成了一定的社会关系，这是人的社会属性。人的自然属性不能把人同动物区别开来，因此只有人的社会属性才决定人的本质。劳动不仅创造了人，也规定了人的本质。马克思、恩格斯说：人的本质是什么样的，“这同他们的生产是一致的——既和他们生产什么一致，又和他们怎样生产一致。”生产什么，怎样生产，都是由生产力和生产关系决定的。因此，马克思说，人的本质并不是单个人的抽象物，在其现实性上是一切社会关系的总和。社会关系的范围比较广，包括经济关系、政治关系、思想关系、伦理关系等等，其中最主要的起决定作用的关系，是人们在劳动中建立起来的生产关系。有些人看到现实中人有自私的缺点，就把现实人自私的缺点抽象为社会达尔文的动物本性，从而把人直接等同于动物。这不能不说是历史的倒退，也是思维的倒退。事实上，自私也并不是动物的本性，而是私有制的产物，是人类在历史的一定发展阶段的社会属性。它不是永恒的，而是阶段性的，必定随着私有制的彻底消灭和人们对私有制的记忆的消失而消失。

（二）社会关系总和决定人生的基本规律

从社会关系的总和来看待人的本质，也就确定了人生发展的基本规律。自古以来，人们总是哀叹“天有不测风云，人有旦夕祸福”，把人生看作变幻莫测、不可预料。现在，不仅天之风云可测，而且人之命运也可预料。所谓“命运”，也就是人生进程的规律性。人从主观上可以否定人生的规律性，但是客观规律却决定了人必然要走的道路。现实社会关系不仅决定了人的经济地位和政治态度，而且决定了人生的命运。社会关系有自己的客观逻辑，人生的道路也有自己的客观逻辑。人每天都在创造自己的历史，但只能在确定的历史条件下来创造历史。每个人来到世上，首先必然要遇到前一代人传给自己的生产力水平和生产关系，这就预先规定了自己的生活环境，并一定要处于人与人的某种关系之中。“每个人可以看到自己的生活条件是早已确定了的，阶级决定他们的生活状况，同时也决定他们的个人命运。”辩证唯物主义的决定论并不否定人生的偶然性。具体某人出生在什么家庭，处于生产关系的什么地位，这是偶然的；人生旅途中遇到的许多小的创伤、疾病，也是偶然的。同时，人们在创造自己的历史时，具体的要求和愿望不一定都能达到。这是因为各个人受教育的程度不同、经历不同、思想觉悟不同，一个人愿望的实现总可能受到另一个人的妨碍。青年人追求进步的要求，可能受到前辈人偏见的压抑，也可能受到既得利益者的打击，还可能受到同辈人的嫉妒和排挤。各个人的奋斗造成了一种斥力，得到预想不到的结果；却又造成了一种合力，推动事物向前发展。因此，个人的具体愿望不能达到，不等于社会没有希望。个人的命运和希望，只能存在于利益相同的集团或阶级的命运和希望之中。

（三）人生理想和社会发展规律的一致性

科学人生观把人生的目的和理想建立在社会发展的客观规律之上。目的和理想是人生观在奋斗目标上的集中表现，包括理想的社会和个人的事业。否定人生观的客观标准，也就否定了人们奋斗的客观依据。辩证唯物主义则把人生观放到历史发展的具体过程中来考察，认为符合历史规律的人生观是进步的，其理想有实现的必然性。一般说来，生活的目的和理想是由人们的经济地位和生活方式决定的，但是从理论上把握历史发展的客观规律，却可以使人们突破经济地位的限制而选择科学的人生观，为革命理想而奋斗。恩格斯出身于一个资产阶级家庭，但他投身到了无产阶级斗争中，为共产主义事业奋斗终生，就是因为他明确地认识到资本主义内在矛盾的发展，必然引起私有制的灭亡和公有制的胜利这样一条不可抗拒的历史规律。有了可靠的哲学依据，才有可能对自己的理想坚定不移，并为其战斗不止。如果只是从个人的感性直观出发，只看到社会现象的飘忽不定，而没有看到隐藏在飘忽不定的现象背后的客观规律，就会把个人的理想和奋斗目标建立在虚幻的基础上。于是，虚无的理想就变成了理想的虚无。只要仔细观察，我们就会发现，世上人的活动，有人追求客观真理，其人生是顺着历史规律的道路走的；有人则否定客观真理，其人生是逆着历史规律的道路走的。所谓“有志者事竟成”，这要看他的志是否符合于客观规律，如果不合，那么再坚定的志也只能以失败而告终。

（四）人生的根本任务是为人类进步事业而奋斗

科学人生观的生活态度，是根据对社会现实的本来面貌的认识来确定的。总的说来，是对生活采取积极的态度，把认识社会和改造社会作为自己的根本任务。现在有一些青年以超脱社会为先知，根本否认自己对社会的责任；或以混世为真谛，向落后思想投降。这些消极的生活态度，根本原因就在于不能正确地认识我们这个社会的现实。他们把社会存在的阴暗面看成整个社会漆黑一团。如果实事求是地看待我国的现状，那么，我们就会在看到眼前的困难时，也看到我们具备着克服困难的条件，并在克服困难中前进。事实上，敢于迎接困难，善于战胜困难，正是科学人生观生活态度的特点。弱者遇歧路而哭，强者则披荆斩棘，奋然而前行，从没有路的地方开辟出道路来。有了历史责任感，对于人生道路上必然遇到的许多问题，如苦乐问题、顺逆问题、祸福问题，就会有积极乐观的态度，就会有高瞻远瞩的眼光，就会有“先天下之忧而忧，后天下之乐而乐”的胸怀。在科学人生观看来，乐是苦的继续，顺是逆的延长。既有艰难踯躅之日，必有乘风破浪之时。胜利的彼岸，总是在劈波斩浪中到达的。科学人生观把人生看作一个不断奋斗的过程，这种奋斗不是孤舟漂泊，而是千帆竞发，同舟共济。早在古希腊时代，唯物主义哲学家德谟克利特就说过：“沉溺于个人的口腹之乐并没有什么好处，而在不幸的处境中完成了义务，是有些伟大的。”自我的完善只有在同时代人的完善中才能实现。每个人自我完善的程度同社会完善的程度是相一致的。因此，只有推动社会和他人不断完善起来的人，才是一个高尚的人。总之，科学人生观科学地揭示了人生的本质，指明了人生的正确道路。它把社会发展的客观规律同人生发展的客观过程有机地结合起来，把社会的进步事业同个人的主观要求辩证地统一起来。每一个有志气有抱负的青年，都应该为探索真理、为人类进步事业而奋斗。“人固有一死，或重于泰山，或轻于鸿毛。”人生的意义和价值，正是存在于为人类进步事业所作的不懈奋斗之中。

（本文原载于《青年研究》1982年第1期，收入本书时有删改。）

哲学要关心改革开放的主体

在改革开放的进程中，哲学正面临新的挑战。在新的历史条件下，这门古老的学科能否发挥作用？怎样发挥作用？当前有两种明显的倾向：一种是不愿迈出哲学神圣的殿堂，充耳不闻改革开放的雷声闪电；另一种是简单地用哲学概念套在具体问题上，一切都是“对立的、统一的、转化的”，于是问题就“迎刃而解”了。这两种截然相反的倾向，都使哲学游离于改革开放之外。要使哲学真正成为改革的哲学，哲学必须倾听改革开放实践的呼声，关心改革开放的主体，成为改革开放主体进行改革开放的精神武器。

马克思在《关于费尔巴哈的提纲》中曾经指出：“从前的一切唯物主义——包括费尔巴哈的唯物主义——的主要缺点是：对事物、现实、感性，只是从客体的或者直观的形式去理解，而不是把它们当作人的感性活动，当作实践去理解，不是从主观方面去理解。”其结果是，旧唯物主义把哲学的能动性让给了唯心主义。对此，马克思强调指出，哲学不能仅是解释世界，更重要的是通过实践能动地改造环境、改变世界。可见，重视主体能动性是马克思主义哲学的鲜明特点。但是，多年来流行的哲学体系，却有客观化的严重缺陷。它从客观的物质出发，强调主体要适合客体；而不是从主体出发，从能动方面理解主体与客体的关系，因而忽视了主体对客体的改造，使客体适合于主体。要使哲学成为能动的哲学，就必须关心实践中的人，研究主体在改革开放实践中，如何引起自身素质、心理、观念的变革，以推动主体在实现社会现代化的过程中实现自身的现代化。

我国的改革开放，从经济目标上说，是要实现从自然经济到商品经济的转变，建立社会主义商品经济的运转机制。自然经济与商品经济是两种不同质的生产方式，由此决定了人的不同质的生活方式、交往方式和价值观念。马克思曾经以劳动交换方式为标准，把社会发展过程划分为三大形态：最初的形态是自然经济；第二大形态是商品经济；第三大形态是产品经济。在不同的社会形态下，主体呈现不同的特质：与自然经济相适应的是以血缘为纽带的人的依赖性；与商品经济相适应的是以物的依赖性为基础的人的独立性。从广义上说，所谓现代化是指一定历史时代的先进状态。而现在我们所说的现代化，则是特指从自然经济向商品经济、从农业文明向工业文明的历史发展。与此相适应，人的发展正处于从传统人到现代人的过渡。所谓传统人，就是在自然经济条件下体现农业文明的人格；所谓现代人，就是指在商品经济条件下体现工业文明的人格。主体怎样从以血缘为纽带的人的依赖性向以物的依赖性为基础的人的独立性发展，就是哲学所要研究的问题。这里包括商品经济的发展怎样引起发展商品经济的主体的素质和观念的变革？利益机制、竞争机制如何改变人与人的关系？主体的独立性要以物（货币）的依赖性为基础，怎样防止、消除商品、货币拜物教的滋长？等等。哲学作为“时代精神的精华”，必须把新时代人民“最精致、最珍贵和看不见的精髓”集中到哲学思想中。

改革开放的主体，同时又是历史传统的载体。人的现代化绝不是“放下”传统，“立地”成现代人。我们是背负着几千年的传统文明来进行改革的。作为传统的载体，人从生下来就注定要继承传统的习惯，并随着年龄的增长而获得各种概念，从而使世代相沿的获得性遗传不断地巩固并积累下来。作为改革的主体，必须对复杂、多样的理性积淀进行清理。从这个意义上说，哲学就是反思的科学。根据现代化建设的需要，对历史传统进行再认识，使优秀传统得以继承下来并使之现实化，在新的实践上得到升华，是主体发展的一个环节。对历史传统的继承，使现代人具有鲜明的民族特色。有些人喜欢用文化的民族性否定工业文明的世界性，其实这是以特殊性否定普遍性。工业文明的世界性并不否定现代人的民族性。从人的发展的纵向关系上看，人的现代化是连续性和间断性的统一；从人的发展的横向关系上看，人的现代化是民族性和世界性的统一。统一的基础就在于现实的实践活动。主体在能动地变革现实的过程中，总是根据现实的需要从传统中吸取养料。哲学使优秀传统现实化，就是使传统的变革、现实的变革和主体自身的变革统一于改革开放的实践之中。

改革开放的主体要实现从传统人到现代人的转变，还必须努力吸取已经形成的世界现代文明的优秀成果。从自然经济向商品经济、从农业文明向工业文明的发展，尽管各国有不同的前提和条件，走着不同的道路，但都必须经历心理和观念的痛苦转变过程。这种转变最先是由资本主义来实现的，并且取得了一系列的优秀成果。在社会主义条件下实现这种转变，其痛苦程度相对来说要小得多，这除了制度上的优越条件外，能够吸取发达国家已经产生的现代文明，也是一个重要原因。遗憾的是，落后国家在取得社会主义革命胜利以后，往往过高地估计自己的成熟度，不注意乃至拒绝吸取资本主义已经取得的文化成果。现在，在经历了巨大的历史灾难之后，我们终于认识到，我国在生产力落后、商品经济不发达条件下建设社会主义，必然要经历一个特定的阶段即社会主义初级阶段，去完成别的许多国家在资本主义条件下已经实现的工业化和生产的商品化、社会化、现代化。事物发展的高级阶段只有包含低级阶段的一切优秀成果在内，才能算是成熟的。在社会主义初级阶段向高级阶段发展的过程中，必须充分吸收资本主义已经发展起来的一切优秀成果，才能实现对资本主义的全面超越。哲学作为批判的武器，不只在于清除垃圾，更重要的还在于提取精华，特别是对那些在别人已成为发展的桎梏而在我们则是发展的阶梯的东西，要给予历史性的分析，勇敢地加以借用。同时，对异质文化的移植，还要研究主体的吸收、消化能力，研究文化场对外来文化的过滤作用，即文化重构的过程及其规律。只有这样，才能使世界现代文明真正成为哺育现代人的养料，推动传统人向现代人过渡。

人是改革开放的主体，人的发展又是改革开放的目的。改革就是要解开束缚人的各种绳索，使人的才能得到充分发挥，使人的个性得到充分发展，使人的主动性、创造性、积极性得到充分实现。体制的改革、客观世界的改造、生产力的发展，都是为了满足人的需要，实现人的主体本质。哲学并不为改革开放提供具体的答案，而是为改革开放的主体提供新的立场、新的思维、新的方法和新的视野，使主体从全新的角度去认识和评价事物。十年前关于真理标准的大讨论，使人们的视野从“凡是”转向实践，从书本转向现实，从“神”转向人，为人的解放拉开了序幕。遗憾的是，哲学的解放作用由于其自身的客体化的缺陷及其他方面的原因，未能在深入改革开放中继续发挥出来。发展主体化的哲学，是改革开放主体的主体意识觉醒的要求，也是哲学自身发展的要求。哲学要解放人，自身必须先从客体化的体系中获得解放，即从以客体为中心、以客体为尺度转向以主体为中心、以主体为尺度，从而使哲学成为能动的哲学。哲学以改革开放主体作为自己的物质武器，改革开放主体就以哲学作为自己进行改革开放的精神武器。新思想的闪电一旦射入传统人的王国，传统人必将解放为现代人。

（本文原载于《广东社会科学》1988年第4期。）

观念形态的能动性

观念形态的变革，归根结底是由现实的社会变革决定的。外来的先进观念必须中国化，中国的传统观念必须现代化，这种中外文化交流的融合点，就在于中国人变革现实的实践。正如马克思所指出的：在改造世界的生产活动中，“生产者也改变着，炼出新的品质，通过生产而发展和改造着自身。造成新的力量和新的观念，造成新的交往方式，新的需要和新的语言。”这就是说，要在现代化的实践中实现观念现代化。

有人认为，只要社会实现了现代化，人们的观念就自然会现代化起来。这种“自然”论，只看到观念的受动性，却没有看到观念的能动性；只看到人由环境决定，却没有看到环境正是由人来改变的。而人们对客观环境的改造，总是在一定的思想观念指导下进行的。人是实践的第一要素，而且是唯一具有能动性的要素。实践水平的高低，同个人的精神状态密切联系着。有些闭塞的乡村，几十年、几百年重复着同样的实践，产生一代又一代几乎同样的传统人，就是由于没有新的实践要素。新思想的闪电一旦射入开始分化的传统王国，就会引起人的巨大变化。那么，这些先于现代化社会而出现的现代化观念是从哪里来的呢？

我们知道，在资本主义社会形态出现以前，自由、平等、博爱等资本主义观念就出现了，它成为一面战斗的旗帜，鼓舞着人们勇敢地摧毁封建堡垒。而在社会主义社会出现以前，各种社会主义流派就已经出现，并描绘了各自的理想蓝图。后来由马克思和恩格斯等人创立了科学社会主义理论，指引着千百万人民为推翻资本主义社会而斗争。观念形态总是现实的反映，这是它的受动性。但观念形态反映现实并不是消极的、机械的、直观的。当新的社会因素出现的时候，新的观念就能动地反映它的要求，并能动地推动新的社会因素迅速扩展。人的现代化并非社会现代化的副产品。人们必须亲身参与到现代化的实践中，同环境、制度相互作用而产生社会的变革。这就是环境的改变与人的活动的一致性。现代化观念是社会现代化要求的反映，反过来，它必然推动社会现代化的发展。社会现代化是观念现代化的物质武器，观念现代化是社会现代化的精神武器。

我国从农村到城市的改革，是从最底层发出的呼声，具有最广泛的群众基础。但是，许多人由于受到传统观念的束缚，对自己的要求没有明确的意识，对表达自己要求的人也不理解，因而对改革持观望态度乃至否定的态度。随着改革的深入和改革成果的扩大，他们从改革中得到了利益，经受了改革的反复，吸取了教训，从而实现了态度、观念、心理上的转变，由改革的阻力变成了动力，加入了改革的行列。正是在改革的实践中，人们随着生活条件、社会关系和社会存在的改变而抛弃旧观念，接受新观念。具有现代观念的新人的成长，反过来又推动了改革，加速了现代化的进程。

封建传统意识的现实基础，在于自给自足的小农经济。在很长的历史时期内，中国是个超稳定结构型的社会。2000多年的封建社会虽然经常改朝换代，却几乎没有变化。这种“不变性”的基础，就在于小农经济。小农经济是一种巨大的惰性力量，它被破坏后可以重生，不断按照同一形式把自己再生出来。但在中国封建社会的历史条件下，它不能自发地产生新的社会因素，因此很难向前发展。中国封建主义经济基础的稳定性和政治制度的严密性，使意识形态具有高度的精密性、强烈的渗透性和无上的权威性。它深深地渗入整个民族的灵魂之中。“五四”新文化运动扫荡了封建传统文化，新民主主义革命的胜利扫荡了封建政治，推动了人民的思想更新。但是封建传统意识却在现实生活中顽强地生存下来，复古之声时隐时现。这是为什么？就是因为封建传统意识赖以寄生的小农经济、自然经济仍然存在着。没有对小农经济的彻底改造，封建传统的回潮是不可避免的。瓦解小农经济靠的是商品生产的发展。

近年来，我国商品经济有了很大的发展。1985年底，新华社发过一条消息，题目是：《别了，自给自足的小农经济》。消息说，随着农村产业结构的全面调整，我国农村越来越多的农民开始向自给自足的小农经济告别，走上专业化、商品化的道路。农民的生活消费也发生了历史性的变化，商品性消费的比重占60.2%，自给性消费下降为39.8%。城市横向经济的发展，使商品货币关系扩展到几乎所有的经济领域。国家与国营企业之间、中央主管部门和地方之间、国营企业之间、地方与地方之间的经济往来逐步转变为商品货币的平等关系。商品经济的发展，成了瓦解小农经济、自然经济和集权经济的“催化弹”，促进了人们观念结构和心理结构的更新。

第一，商品是天生的平等派。商品经济承认商品生产者是独立的人，等价交换原则要求商品生产者和经营者权利上的平等。在社会主义商品生产和交换中，劳动者既是商品生产者又是商品所有者，他们处于平等的地位，享有平等的权利，不允许任何人享有特权。这就有力地冲击了以等级和特权为主体的传统观念结构，推动生产者形成自主、平等、民主的观念。实践证明，商品经济越发达的地区，劳动者的平等权利越有保证，民主素养就越强。同时，建立在商品经济基础上的平等观念，还有力地冲击了小生产者的平均主义平等观。平均主义是平分现有社会财富的心理，因此是以懒吃勤。商品生产则是优胜劣汰，是创造的平等、竞争的平等，它是不承认任何绝对平均的。

第二，商品经济的铁的规律是价值规律，商品价值量的大小只能取决于它所凝结的社会必要劳动量的大小，而不取决于任何长官意志。价值规律要求以生产同一商品的平均劳动时间决定商品的价值量，不允许生产水平低、耗时长的生产者所制造的产品具有较大的交换价值。这就冲击了以权谋私的不等价交换及小生产者固步自封、因循守旧的陈腐观念，推动生产者形成一系列的新观念：改进工艺、提高劳动生产率的效益观念，掌握先进技术、学会现代化管理的知识观念、时间观念、创新观念，以及增强人们的劳动观念、信誉观念等。

第三，商品经济本质上是开放型的经济。商品交换关系是一种普遍的关系，商品生产的发展必然是不断开放的过程。这就有力地冲击了封闭式的、割据式的体制，使经济向着开放型、网络化发展，从而推动人们形成开放观念、信息观念。现在全国城乡横向经济联系的迅速发展，对外经济往来的越来越密切，正是商品经济的客观要求。在对内对外开放的过程中，有的省份、地区层层设卡，企图保持自己的“优势”，结果是卡死了自己。深刻的教训使人们觉醒，破除了小农经济自我封闭的观念，推动了地区与地区、省与省，以及对外广泛的经济和技术交流。自给自足的小农经济不仅长期在农村存在着，而且严重地影响整个经济体制。小生产者的意识、心理、性格是整个国民的精神重负。商品经济在全国城乡的充分发展，将是埋葬传统观念的坟墓。

（本文原载于《现代人学》，广东人民出版社出版，1988年8月第一版，是我参与《现代人学》写作的一小节。1987年刘悦伦着手撰写《现代人学》一书，命我写“人的观念现代化”一章。勉为其难，附骥成名也。）

呼唤现代人是新时期文学的主题

文学就是人学，人是文学永恒的主题，这些都是至理名言。不知文学界名士对近年来文学的发展有何高见，在我看来，似乎可以说是从“伤痕人学”发展为“现代人学”。前者是对摧残人的时代的诅咒，后者是对解放人的时代的高歌；前者是对人的伤痕的抚慰，后者是对人的新质的透视；前者是拯救人的灵魂的疾呼，后者是塑造人的灵魂的尝试；前者是对历史沉痛的反思，后者是对未来欣悦的展望。剥去血肉丰满的活生生的文学形象，从干瘪的抽象理性来说，前者是为人道主义辩护，后者是对人道主义的发展——从把人当作人到把人上升为现代人的发展。研究现代人、反映现代人、歌颂现代人，是当今时代对文学的呼唤。

什么是现代人？我的定义是：现代人是在商品经济条件下反映工业文明的人。与此相对应，传统人就是在自然经济条件下反映农业文明的人。自然经济与商品经济、农业文明与工业文明是两种不同质的文明，不仅具有不同的生产方式，而且具有不同的生活方式、价值观念和心理特点。

面对商品经济浪潮的冲击，不少人忧心忡忡，生怕人商品化了，灵魂商品化了，自然也担心文学商品化了。把良心和人格当作商品出卖的人是存在的，也是应该鞭挞、应该净化的。但是，商品经济的发展对于人们的意义，恰恰在于摧毁了传统人赖以存在的现实基础，即自给自足的小农经济，从而催生出具有崭新人格的现代人。因为商品经济“破坏了使得生产者愚钝和没有可能自己掌握自己命运的、旧有的狭隘生活条件。贸易关系和世界交换的巨大发展，广大居民群众的经常流动，摧毁了民族、家庭和地域公社自古以来的束缚，造成了东西方现代史中起着巨大作用的发展的多样性、‘才能的多样性和社会关系的丰富性’”。总之，商品经济的发展“在社会方面的反映就是‘人格的普遍提高’”。这个论断虽然是就商品经济在资本主义条件下的发展而言的，但对于商品经济在社会主义条件下的发展也同样适应。似乎还可以这样认为，由于社会主义公有制这种“普照的光”的制约作用，商品经济的发展更能推动“人格的普遍提高”。如果文学对这种“人格的普遍提高”视而不见，把商品经济的发展描绘成催人堕落、世风日下，却去歌颂传统人贫乏的完美性、愚昧的尽善性，这与时代精神是多么不协调、不和谐啊。

现在，推进社会现代化已是全国人民的共同愿望。但是，传统的自给自足的自然经济使人们形成闭塞、凝固的稳定心理。对未来理想社会的憧憬，既有历史上小生产者绝对平均主义的影响，又有儒家“大同世界”的心理积淀，因而许多人所向往的现代化，是“田园诗”般恬静、“君子国”般礼让、天堂式的生活、无差别的境界。如果有这样的现代化降临世间，人们是很容易接受的。

然而，商品经济的发展却要从根本上摧毁自然经济，这就必然会破坏人们心目中美好的蓝图。于是，向往着现代化的人们，却把现代大工业和发达商品经济所应具有的激烈竞争、节奏紧张、积极进取、勇于创造、敢于冒险等生活方式视为异端而顽强抵制。正因为这样，我们在向现代化迈进的过程中步履艰难，每迈出一步都会遇到巨大的阻力，付出巨大的代价。随着旧体制的瓦解，旧的生活方式过时了，旧的价值观念动摇了，而新的体制还没有建立，新的生活方式和新的价值观念还没有形成，这是新文明诞生前夕的“阵痛”时期。人们既欣喜，又惶惑；既充满着希望，又有不可言状的失望；既有得到实惠的欢乐，又有失去什么的痛苦。十亿人告别旧的生活方式并不是一件愉快的事情。文学呼唤现代人，就是以真实的形象和真实的社会图景帮助人们认识真实的道路，从而为新文明的诞生提供精神上的动力。

现代人并不是从天而降的怪物，而是人的历史发展的必然趋势。因此，人在现代化过程中必然要从纵向上继承优秀的传统文化，从横向上吸取外来的先进文化。继承什么，吸取什么，只能以现代化发展的需要为基点。无论是文学界、哲学界还是思想理论界的其他领域，都有人主张发掘传统，有人主张引进文化，争得不可开交。其实，发掘也好，引进也好，都应该以催生现代人、发展新文明为基点。总之，现代人的产生和发展都必须以一定的思想材料为前提，这就是本民族的传统文化和外来的文化。经济决定着现有思想资料的改变和进一步发展的方式。对传统文学的继承和外来文化的吸收，是由社会主义现代化建设的实践所规定的，这应该是根本的出发点，恐怕也是文学呼唤现代人的出发点。

（本文原载于《当代文坛报》1988年第2期，收入本书时有删节。）

略论老子的“道”

《老子》博大精深，常读常新。两千多年来众说纷纭，中心点是对“道”的理解。我认为，要理解“道”，一方面必须把“道”放到人类认识史的特定环境中去考察，另一方面必须从《老子》全书的总体上来把握。

（一）道的提出

《老子》的成书时间，学界至今未有定论。有很多学者认为成书于战国中期，本文持此看法。随着封建经济在各诸侯国的确立，生产和科学技术得到了迅速发展，人类对自然界和社会的认识提高到了一个新的阶段。老子“道”范畴的提出，正是人类在寻找世界本源上从多元论到一元论的飞跃。

1.认识史上的一个难题

人类寻找世界的本源，总是从跟自己生活密切相关的东西开始的。殷周时代，人们认为金、木、水、火、土五行是世界的本源。由于人们直观地观察到万物是以土生长出来的，因此特别强调“土者，万物之所滋生也”。春秋时期，史伯提出“先王以土与金木水火杂，以成百物”。已经有着以事物内部构成成分上寻找本源的萌芽。春秋末期，《管子》提出：“水者，何也？万物之本原也，诸生之宗室也。”这是认识世界统一性以多元论到一元论的转折点。

从强调土的地位到强调水的地位，可以看出，人们寻找世界本原时，眼光以固定的东西转向了流动的东西，这样更能说明万物之间的变动和转化。但是，以金、木、水、火、土五行或其中一行作为世界的本原，仍然存在着巨大的困难：实际存在物是有限的，难以说明万物的多样性；实际存在物是暂时的，难以说明万物在总体上的永久存在；特殊的存在物难以说明万物的转化。为了摆脱这些困难，老子把眼光从有形体的东西转向无形体的东西。

2.老子的探讨

老子其人，具有丰富而深刻的辩证法思想。他看到了自然界和社会处处充满着矛盾，看到了矛盾双方互相依存和转化的关系，看到了万物生生不息、变化无穷。在观察客观现象的基础上，老子根据相反相成的辩证法原则，从实际事物的有限性、特殊性、暂对性的对立面去寻找世界的本原：①能产生有限事物的，必定是某种无限的、最大的东西；②能产生多种多样的事物的，必定是某种无质的最小的东西；③能产生暂时事物的，必定是某种永恒的东西。这种无限的、永恒的、无所不包的东西，在客观世界中还不能找到，而它又必定是存在的，老子觉得难以称呼它："吾未知其名也，字之曰道，吾强为之名曰大。"（第二十五章）老子认为，"道"这个名称是可以改变的，要叫别的名也未尝不可，而"道"所揭示的客观内容则是永远不变的："道可道，非常道；名可名，非常名"（第一章），说的就是这个意思。那么，"道"的客观内容是什么呢？

（二）道的特点

1.道是某种混然一体的“无名”物体

“有物混成，先天地生”（第二十五章），“道之物，惟恍惟惚，……其中有象，……其中有物，……其中有精，其精甚真，其中有信”。（第二十一章）这就是说，道是由某种看不见的极精细的东西组成的。

2. 道是独立于任何人和神之外的客观存在

“寂呵寥呵，独立而不改……可以为天下母。”（第二十五章）道不受任何外来力量的支配，是独立的、客观的、永恒的。

3. 道是无限的，充满着整个空间

①道是无限的：“随之不见其后”“迎之不见其首。”（第十四章）②道是连续不断的：“其上不谬（虚幻），其下不忽。寻寻呵，不可名也。”（第十四章）③道到处都存在着：“大道泛兮，其可左右。”（第三十四章）“绵绵若存，用之不勤（尽）。”总之，道是上下左右前后到处都有，不是超空间的绝对。

4. 道在时间上无始无终

“吾不知其谁之子也，象帝之先。”（第四章）先，是时间概念。宗教说世界是上帝创造的，老子借用这个说法，认为“道”这种“无名”物体比上帝更早。而在道之前还有什么，就不必管它了。道是最早、最长久的存在，并且还将永远存在下去，“道乃久”（第十六章）。

5. 道是不断运动变化的

①道产生万物：“道生一，一生二，二生三，三生万物，万物负阴而抱阳，冲气以为和。”（第四十二章）就是说，道

产生万物有一个过程，即道“先天地生”“可以为天下母”。老子所说的天地，并不是囊括一切的宇宙空间，而是指天上的日月众星，地上的山川河流，它们都是看得见的具体事物，所以是生生不息的。②万物复归于道：“夫物芸芸，各复归其根”（第十六章），“道者万物之注也”（第六十二章）。③万物产生于道又复归于道的过程，就是道运动变化的过程：“反也者，道之动也。”（第四十章）道不是绝对不变的。

道的这些特点，归结起来正是它的客观性、无限性、永恒性。道是最大的，大到无法形容的地步，因此就好像是“无”。老子说：“天下之物生于有，有生于无。”（第四十章）“复归于无物。”（第十四章）这里的“无”“无物”，就是“未知其名”的无名之物，不是纯粹的虚无。在《老子》书中，无是相对于有而言的，是有达到了极点，即最大的有。老子说：“大成若缺”“大盈若冲”“大直若诎，大巧若拙，大辩若讷”（第四十五章），“大音稀声，大象无形”（第四十一章），因此，“道褒（大）无名”（第四十一章）。道这个最大的东西又是由看不见的最小的东西组成的，是大和小的统一体。

无与有的对立统一，也就是“无名”与“有名”的对立统一。因此，老子又说：“无名，万物（通行本为“天地”）之始也；有名，万物之母也。”（第一章）有名是由于人们“常有欲”而给事物制定的，有了名称，才可以区别万物，这就是“万物之母”。说“名”是产生万物的母亲，不符合老子的思想。在老子看来，万物是由“道”这种无名之物产生的，不是由概念产生的。值得注意的是，老子把“道”同“名”对立起来，规定道是无名的：“道可道，非常道；名可名，非常名。”（第一章）“道恒无名。”（第三十二章）名，即概念，属于观念形态。老子认为道独立于名并先于名而存在，由道从无名到有名，这正是由客观物质到主观精神的唯物主义路线。当然，老子不可能自觉地从认识论的角度来规定物质，只不过是直观地感到先有混沌无名之物，然后才划分出名称而已。

（三）道的性质

“道”诚然是老子的思想创造物，是他用来解释和说明世界的工具。有人根据“道”实际上不存在，就认为它不是物质实体的标志，此论值得商榷。

1.猜测是人类认识客观世界的一个环节

老子生活在两千多年以前，那时眼、耳、鼻、舌等感官的延长还几乎等于零。老子看到以有形的具体事物作为世界本原的局限性，又不可能延长感官以观察物体的内涵结构。因此，他猜测客观世界必定存在某种看不见的微小无质的东西，这正是人类思维能动性的表现。

人类认识客观世界的一般规律，总是要经过假设、猜想的阶段，然后寻找这种实体，进而再认识实体的内涵结构。如果所假设的实体不能被找到，那么这种理论就是错误的。错误的理论不能说就不是唯物主义的。古希腊哲学家阿那克西曼德认为，世界的本原是“无限”，德谟克利特则认为是“原子”。“原子”和“无限”都是思想的创造物，并不是他们真的发现了“原子”或“无限”等物质。原子后来被找到了（尽管现代的原子概念同古代的原子概念是大相径庭的），而“无限”并没有被找到，恩格斯并不为此而称它为唯心主义的胡说，反而高度地评价了它："在他（指阿那克西曼德）看来，本原和原始元素是无限的东西，他没有把它规定为空气或水或其他什么……黑格尔正确地把这个无限的东西表达为'未规定的物质'。"老子的"道"正是这样一种"未规定的物质"，即"无名"的物质。在这里，并不是把"道"等同于"原子"或"无限"，而是据此说明，某种实体被创造（推测）出来，不是以它是否实际存在着来判断它的归属，因为这样一来社会长期无法进行判断（如原子），而是要看它所标志的究竟是物质还是精神。

2.老子的猜测是有客观依据的

有益的猜测同无端胡说之间有什么区别？主要之点就在于是否有客观依据。老子提出"道"是有客观依据的。首先，他是从人类已有的知识水平出发，回答人类认识所提出的问题；其次，他是根据具体事物产生的必然性而推测出来的；再次，他是根据气的特性加以改造的。前两点前面已经谈过，这里谈第三点。老子说："视之而弗见，名之曰微。听之而弗闻，名之曰梯。播之而弗得，名之曰夷。三者不可致诘，故混而为一。"（第十四章）所谓看不见，是它太微小了；所谓听不到，是它太稀薄了；所谓摸不着，是它太平滑了。这些微小、薄稀、平滑的东西，"混而为一"，构成了大千世界的本原。它是运行不息（逝）、无边无际（远）、产生万物又回复到自身（反）。微、稀、逝、远正是气的特性。这当然不是说"道"就是气，因为它毕竟是经过改造的了。

3.老子猜测的世界本原具物质性

人类对客观世界的认识是一个复杂的过程，在任何最简单的概括中，都存在着猜测、幻想的成分，因而存在着滑入唯心主义的可能性。老子在强调道不能被感知这一点上，有把道神秘化的倾向。但是在总的倾向上，老子不是从精神寻找世界的本原，而是从物质寻找世界的本原；不是把道作为一个主宰世界的精神实体，而是把道作为独立于人之外的物质实体。

①道的提出是对超自然力量的否定。“以道莅天下，其鬼不神，非其鬼不神也，其神不伤人也。”（第六十章）在这里，老子没有也不可能达到彻底无神论。但是，他提出道正是否定了鬼对世界的干涉、对人类的支配。这是殷周以后天道观上唯物主义思想的一个重大发展。

②道产生万物是没有意志、没有目的的客观过程。“道法自然”（第二十五章），“道常无为”（第三十七章），“生而不有，为而不恃，长而不宰”（第五十一章），“万物归焉不为主”（第三十四章），都说明道是按照自然的规律产生着万物，而不是高居于万物之上、主宰万物的能动的精神实体。

③道不是客观规律的绝对化的结果。老子有时把作为本原的道同作为规律的道混淆起来，这是能够为后来客观唯心主义者所利用的一个严重缺陷。但是，老子在本原意义上使用的道并不是从规律引申出来的，相反，规律存在于本体之中。在规律意义上使用的道，老子不仅常常限制为“天道”“人道”，而且直接用以说明事物的对立统一关系：“天之道，利而不害；人之道，为而弗争。”（第八十一章）“天之道，损有余而补不足；人之道，损不足而补有余。”（第七十七章）等等。可见，作为规律的道，其内容就是对立面的联系和转化。而这种联系和转化正是存在于本体之中：“反也者，道之动也。”（第四十章）反，就是事物向对立面转化，是“天道”和“人道”的规律。因此，规律是本体所固有的。

（四）道的可知性

老子谈到对道的认识，往往都是谈对规律的认识。因为道的运动是有规律的，认识了规律，也就是认识了道，道不能被感知，而从道产生出来的万物则是可以感知的。因此，老子把认识道同认识万物区别开来。

1.对万物的认识

对具体事物的认识，老子正确地坚持了唯物主义的思想路线。他说："以身观身，以家观家，以乡观乡，以天下观天下。吾何以知天下之然哉？以此。"（第五十四章）这就是说，要认识天下万物，必须观察认识对象自身的本来面貌，不要附加任何外来的成分。

"观"不同于"视"，是包括"视"在内的观察和认识。用这种方法就能取得知识，"知天下之然"。

2.从认识万物到认识道

第十六章是老子谈认识过程的很重要的一章。"致虚极也，守静笃也。万物并作，吾以观其复也。"复，就是归根，即复归于道。"复"同"反"一样，都是道的规律。认识它就是"知常"。"知常，明也。不知常，妄，妄作凶。"不认识道而盲目行动，就必定要失败。

老子还说："为学日益，闻道者日损，损之又损，以至于无为。"（第四十八章）为学，是对一般事物的认识，必须日积月累，逐步增加。闻道者从积累起来的直观材料中找出规律，直至找到总规律"无为"，就好像是日益减少了。无为，就是不要妄为，任其自然。

3.通过道来把握具体事物

"执今之道，以御今之有。能知古始，是谓道纪。"（第十四章）有，即有名，指具体的万物。拿着对道的认识来掌握万物，就懂得了万物是如何产生、发展的。

老子把对万物的认识同对道的认识区别开来，并企图把两者联系起来。但是，由于他把作为世界本原的道同作为规律的道混淆起来，片面强调道的地位，把它同万物割裂开来，把认识过程的某一阶段绝对化，认为“不出户，知天下，不窥牖，见天道”（第四十七章）。只要“涤除玄览”（第十章），“常无欲”（第一章），就可以“观其妙”（第一章），从而打开“众妙之门”（第一章）。因而，老子不仅没有达到感性与理性的统一，而且走上了神秘主义的道路。

老子不仅认为道是可以认识的，而且可以为人所运用。道在社会领域的应用就是“弱”：“弱也者，道之用也。”（第四十章）老子所提出的“弃圣绝智”（第十九章）“绝学不忧”（第二十章），是他的愚民政策的表现，只是要使人民四肢发达、头脑简单，以达到无为而治。而对于统治者则是另一回事了：“爱民栝国，能毋以知乎？……明白四达，能毋以知乎？”（第十章）老子对于知识在治国安民、掌握权术上的作用是并不忽视的。他把“道”运用于社会，正是为了达到知古始、治国家、正天下的目的。

（本文原载于《哲学社会科学通讯》1983年第3期，收入本书时有改动，并修改了标题。）

开展跨世纪战略研究

理论宣传是党委机关报的优势。如何充分发挥这一优势，使理论宣传更好地服务于党委的中心工作，更好地引导社会舆论，这一直是报界同仁致力探索的重大课题。两年多来，南方日报理论部在报社编委会的领导下，紧紧抓住中央要求广东20年基本实现现代化这一热点问题，动员各级领导干部和专家学者，开展广东跨世纪战略研究。这一研究既引起了全省各级领导的高度重视，又引起了广大干部群众的关注，产生了较大的社会反响。

跨世纪战略研究取得了丰硕的成果。在两年多的时间里，我们组织了5次有较大影响的征文活动，发表了100多篇各级领导干部撰写的文章。这一研究活动的成果已集结成书，这就是《广东走向二十一世纪——发展新思路》。该书勾画了广东未来20年经济社会发展的基本走势。

（一）报纸理论宣传的特点

报纸的读者对象除了理论宣传工作者之外，更多的是广大干部特别是领导干部，这就决定报纸理论宣传不能搞过专过深的“纯理论”，而必须坚持理论联系实际，围绕党委的中心工作，开展理论研究：针对改革开放的新情况、新问题，进行理论分析；抓住群众关心、议论的热点问题，给予理论上的解答。这样，报纸理论宣传才会获得“知音”。

基于上述认识，在理论宣传中，我们始终坚持从实际出发，在选题立项上下功夫。邓小平同志视察南方重要谈话和党的十四大要求广东用20年时间基本实现现代化，这就意味着广东要在2010年，即比全国其他大多数地方提前30年基本实现现代化。这个光荣而又艰巨的任务，是省委、省政府较长时期内的中心工作，是广大干部群众关注和议论的焦点。我们意识到，研讨广东跨世纪的发展战略，是理论宣传做到领导满意和群众满意相统一的载体。从那时开始，我们就密切注视广东各地对未来发展战略研究的动向，积累有关资料，加强与政府部门和有关研究机构的联系，为开展跨世纪战略研究和宣传作好准备。

1993年下半年，我们认为，在报纸上开展大规模广东发展战略研讨的时机已经成熟。一方面，广东各地经过对小平同志重要谈话的学习和消化，对肩负的使命有了更明确的认识，基本上绘就了今后20年的发展蓝图，需要让宏伟蓝图为广大人民群众所理解和接受，成为推动人民群众努力奋斗的精神动力。另一方面，邓小平同志南方谈话掀起的新一轮改革开放浪潮正在全国各地迅猛展开，沿海、沿江、沿边全方位对外开放，广东20世纪80年代所实行的优惠政策，逐渐变成了普惠政策，这些都对广东未来的发展提出挑战。在这种情况下，我们亟须对广东的优势进行再认识，并提出新的发展战略和对策，迎接新的挑战。这是我们开展跨世纪战略研究的依据。

（二）实现发展模式和体制模式双重转轨

党中央要求广东用20年时间基本实现现代化，实际上是要广东先行一步，探索在落后的农业大国实现现代化的途径。如果说，前十余年广东“先走一步”，是为冲破旧体制“杀出一条血路”，那么在今后20年“先走一步”，则着重于创建新体制，寻找新的发展模式。其中最大的困难，莫过于要在短短20年时间，实现发展模式和体制模式的双重转轨，任务是十分艰巨的。

从西方发达国家的现代化历程来看，是先有体制转轨，然后是发展模式转轨。17世纪中叶到18世纪，英法等主要资本主义国家先后取得资产阶级革命胜利，确立了以生产资料私人占有为财产特征、以市场调节为经济运行特征的新的经济体制。18世纪中叶到19世纪，主要资本主义国家相继完成了产业革命，实现了农业社会向工业社会的转换。西方国家现代化的历程表明，无论是体制模式转轨还是发展模式转轨，都是社会利益关系的重组，都伴随着大量的矛盾和冲突，都经历了血与火的洗礼。我们是在社会主义条件下实现工业化、城市化的，并且已有前车可鉴，社会转轨肯定会顺利得多。但是，社会“阵痛”仍然是不可避免的。

根据这样的认识，我们把体制模式和发展模式的双重转换作为开展跨世纪战略研究的两个侧面。从广东的实际情况来看，改革开放10多年来，生产力得到了较快的发展，现代化的步子也迈得较大，但这主要得益于广东善于把政策优势和地缘优势化为现实的经济优势。随着我国全方位对外开放格局的形成，广东的政策优势和地缘优势已日渐减弱，今后的发展，主要靠体制优势，即靠经济体制改革的先行效应来促进整个经济的迅速现代化。因此，我们在探讨广东跨世纪发展战略时，将体制创新放在重要位置上，组织研究企业制度、金融制度、财税制度、社会保障制度等改革战略与对策。

体制转轨为发展模式转轨提供了条件，然而并不是说体制转轨了，发展模式就自然转轨了，现代化自然就成功了。现代化有其自身的规律。由农业社会向工业社会的转变涉及生产力的合理布局、产业结构的合理优化，若农村剩余劳动力的转移、农村的城市化、经济与社会、环境的协调发展等问题解决不好，或者根本难以实现现代化，或者虽然现代化了，却付出了过多的代价，影响了经济的持续发展。因此，在组织广东跨世纪发展战略研究时，不能忽略发展模式转换的研究。

总之，从历史与现实相结合、理论与实践相结合的高度出发，围绕体制转轨与发展模式转轨这两大内容，对广东跨世纪发展战略从不同的层次、不同的方面、不同的角度开展研究，这是我们开展跨世纪战略研究的总体思路。

（三）围绕主线增强理论宣传系统性

1.以跨世纪战略研究为主线来规划整个理论宣传，增强理论宣传的系统性

进行跨世纪发展战略研究和宣传，涉及政治、经济、观念等方方面面的问题。我们以跨世纪战略研究为主线，尽量将宣传内容纳入到跨世纪战略研究中去，形成全方位的立体宣传。比如说，领导干部学理论，这是报纸理论宣传的一个经常性的内容。我们确定开展跨世纪战略研究之后，在向领导干部约稿时，要求他们将重点放在如何运用邓小平建设有中国特色的社会主义理论的立场、观点、方法，联系和分析本地实际，提出加快发展的新思路。后来，我们还专门设立了《发展新思路》栏目，引导领导干部开展跨世纪战略研究。又比如，精神文明建设也是报纸理论宣传的一个重要内容，为了使之与跨世纪战略研究协调起来，我们将宣传重点放在人的现代化上，开设了《提高民族文化素质，增强民族凝聚力》专栏，编发专家学者文章21篇。总之，以跨世纪战略为主线，从体制创新、发展模式转轨、思想观念更新等方面组织理论宣传、研究，就使得理论宣传主题突出、脉络清晰，取得了较好的效果。

2.开展大型征文活动，增强理论宣传的吸引力

围绕跨世纪发展战略研究这一主线，抓住不同时期社会生活中的热点问题，开展大型征文活动，以调动专家学者和实际工作者的参与积极性，是我们的又一做法。如1993年下半年，广东理论界和企业界都非常关注企业产权制度改革问题，在实践中也出现了出卖国有、集体企业产权的做法。如何看待实践中出现的这些新情况？社会主义市场经济究竟需要什么样的产权制度？为了回答这些问题，发挥理论指导实践的功能，我们先后举办了“市场经济与产权制度改革”“创新企业制度”“发展农村股份合作制”“推进农村城市化建设征文”等征文活动。由于征文所涉及的内容都是当时改革和发展实践中亟待解决的重大问题，又是广大干部群众议论的焦点问题，因而征文活动既引起了专家学者的兴趣，纷纷撰稿参与讨论，又引起了广大干部群众的关注，他们也纷纷来信要求释疑解惑。

3.到头版“争地皮”，扩大理论宣传阵地

报纸理论宣传的任务，主要是由理论专版来承担的。但是，为了扩大影响、增大声势，能否将理论文章放到头版去？为此我们作了探索。理论文章要上头版，比消息、通讯就困难得多。我们的对策是，抓住重大题材，精心组织、编发短小精悍的文章上头版。党的十四大之后，我们曾在头版开辟过《市场经济论坛》专栏，发了10多篇文章。1994年8月，省委提出加快广东现代化步伐的重大战略措施——建立珠江三角洲经济区。我们抓住这个机会，又在头版开设了《珠江三角洲经济区论坛》专栏，精心组织了20篇专家学者的文章。这些文章言简意赅，或纵论珠三角经济区建设的意义，或切陈珠三角经济区发展的对策，发表后深受读者欢迎。我们认为，敢到头版“争地皮”，发理论文章甚至开设理论专栏，实际上是将理论专版向头版延伸，提高整张报纸的理论含量。这样，既提高了理论宣传的质量，也提高了整张报纸的质量。

4.重点评论开路，加大理论宣传的力度

在跨世纪战略研究中，我们还把理论宣传与评论宣传结合起来，充分利用党报评论的权威性，以重点评论开路，随后进行理论探讨。例如，1993年下半年，在上海浦东崛起，全国沿海、沿江、沿边全方位对外开放后，广东的优势受到挑战，有人对广东的未来产生了悲观情绪。我们觉得这个问题很有讨论的必要。于是，我们先撰写了《再造广东新优势》的评论员文章，针对“广东已丧失优势”等认识，文章指出：广东从先走一步探索改革开放之路，到先走一步探索实现现代化之路，这是广东最大的优势。该评论在社会上引起了强烈反响。在此基础上，我们又与省政府有关部门联合举办“建立广东发展新优势”的讨论，收到应征文稿百余篇，这些文章从建立体制优势、产业优势、区位优势、观念优势等方面论述了广东跨世纪发展战略。

实现现代化是广东当前和今后一个较长时期的中心任务，开展广东跨世纪发展战略研究也是党报理论宣传的一项较长期的任务。迄今为止，这一宣传取得了初步的成效，但远未结束。通过开展广东跨世纪发展战略研究活动，我们深深体会到，报纸理论宣传要更好地服务于党委的中心工作，正确引导舆论，就必须在选题立项上下足功夫，真正摸准时代的脉搏，拨动读者的心弦，引起社会的共鸣。这既是跨世纪战略研究宣传取得成功的根本原因，也是我们认识上的最大收获。

（本文原载于《岭南新闻探索》1995年第5期，与文建明、雷渡桥合写。）

第五章　调查报告

市场的魔力

深圳，被人誉为“一夜城”。那意思是说，此城像是用法术在一夜之间召唤出来的。这个比喻形象地道出了特区变化的神奇。

特区当然不是用法术召唤出来的。但这次在特区采访，所见所闻，不少事情却真如法术般奇妙。

（一）现代“点金术”

一片荒草滩涂，忽然间“变”出了成扎成扎的钞票，真正成为“寸土寸金”。这不是神话，而是现实。发明这“点土成金”术的，正是特区人。

13年前，当祖国的南大门徐徐开启，一批外商夹着皮包走过罗湖桥，试探着来深圳办厂、设店、建商住楼。这就遇到一个如何用地的问题。中华人民共和国的土地使用权由国家统管，这是神圣的原则，一个无法绕过的“禁区”。

特区人勇敢地向“禁区”冲刺。他们向外商出租土地，出让土地使用权，以土地作资本与外商合作搞开发。1980年底出租罗湖区一块4000平方米的土地，使用期30年，收取土地管理费2000万港元。此后又接连有9个项目签约，共向外商出租土地4.5万平方米，收取土地使用费2.1亿港元。长期荒芜的土地，为特区建设提供了启动资金，带来了生机活力。可是，这种“冒”的精神不为人们所理解，一时间，“卖国”论，“租界”论，闹得沸沸扬扬。

特区人不信邪。利国利民的事，他们就大胆地闯。1987年12月1日，深圳市举行了中华人民共和国历史上第一次土地公开拍卖。一块8588平方米的土地，出让使用权50年，以525万元成交。

“点土成金”为特区建设带来了巨额的启动资金。1988年至1990年底，深圳市有偿转让土地使用权628万平方米，收取地价18.4亿元。珠海要在西区建设一个现代化的港口城市，只给40万元开办费。他们的方针是：“围海造地，以地生财。”经过3年多的努力，他们集资几千万元围海造出来的土地，随着地价不断上涨，已创造了10多亿元的价值。

深圳市体改委的官员向我们揭示出现代“点金术”的秘密。其实很简单，就是把产品、资源商品化。产品经济与商品经济，只有一字之差。但是，把产品、资源商品化，进入市场，就会发生神奇的变化：死物变成活物，无价变成有价；低价变成高价，高价也会变成低价。这就是市场的“魔力”。

特区人不仅“点土成金”，还把其他产品、资源、生产要素点化为“金”，资金就从各种渠道滚滚而来。深圳市把公有住宅商品化，不仅使政府放下了一个沉重的包袱，而且获得了巨额建设资金，到1991年底已收入8.8亿元；把小汽车经营权商品化，通过拍卖营运车牌收入6.7亿元；把政府分配工程改为市场招标，不仅降低工程造价，而且缩短了工期，加快了建设的速度。

传统的计划经济扼杀了市场的“魔力”，而特区人使市场“魔力”复活了。

（二）“看不见的手”

进入深圳那多功能、多类型的市场网络，真有点“刘姥姥进大观园”的味道。一切都是那么陌生，又是那么新奇：股票市场、外汇调剂市场、土地市场、保税生产资料市场、有色金属市场、技术市场、信息市场、期货市场、动产不动产拍卖市场、劳动力市场，等等。而劳动力市场，又分为人才市场、熟练技工市场、一般劳动力市场、工匠市场、第二职业市场等。有的市场是闻而未见，有的市场则是闻所未闻。

在深圳，市场的概念已经远不仅是简单的商品交易场所。它已经是生产者、经营者、消费者实现广泛社会联系的枢纽。经济活动乃至人们日常生活的一切需求，都可以在市场上得到。市场机制的运转已经成为整个社会运转的轴心。深圳市市长郑良玉说：“市场是商品经济的大舞台。深圳之所以有活力，就在于已经初步形成一个适应商品经济发展的市场体系，充分发挥了市场的推动作用。”此话道出了特区经济迅速发展的奥秘。

十余年来，特区坚持市场为取向的改革，在“扩大市场调节”的名义下静悄悄地向市场经济迈进。

300多年前，英国古典经济学家亚当·斯密把市场机制比喻为一只“看不见的手”。这只“看不见的手”运用供求、价格、竞争等“魔杖”，把资源驱赶到社会最需要、效益最好的地方去，从而发挥市场的“魔力”。

特区的飞速发展，需要大量的物资，而国家每年供应的生产资料不足需求量的1/10。有人计算过，如果单靠国家调拨物资，建成深圳现在的规模得100年。特区率先进行价格改革，逐步放开各种物价，就形成了“价高招远客”的磁场效应。“看不见的手”指挥国外国内的钢材、水泥、装修材料、劳动大军源源不断地流向特区。市场的“魔力”使100年才能办到的事在10年内就办成了。

“看不见的手”指挥资源向效益好的企业流动，产生了市场竞争的“马太效应”。强者得到充分养料而更强，弱者得不到养料而更弱，直至破产，被兼并。“大鱼吃小鱼”或“小鱼吃大鱼”的严酷性，迫使企业使出浑身解数来提高效益。深圳市有一家内联企业提供了这样一组数字：在深圳的子公司每百元资金利润率30%，而在内地的母公司则只有11.6%；子公司人均全员劳动生产率7万元，母公司只有1.26万元；子公司工人每月工资600~1000元，母公司工人工资只有150~200元。两地的效益出现如此强烈的反差，“儿子”比“老子”出色得多，这就是市场“魔力”作用的结果。

“看不见的手”在改变社会运行方式的同时，也改变着特区人的观念和行为方式。我们的传统信条是：有多少钱，办多少事；没有钱就办不了事。因此，许多要办的事，总是办不成。年复一年，山河依旧。现在特区人的信条是：没有钱也能办事。要办事就去借钱，以钱生钱，以利滚利。例如建房，他们通过贷款、集资建商品房，图纸一出就预售，拿到预售款又建第二批房，如此循环往复，既建设，又赚钱。再如办厂，不要国家一分钱，他们通过贷款、集资办起了许多工厂，不少厂的产量、质量、出口量还跃居全国第一。深圳办特区前只有少数几家企业，10来年时间，就办起“三资”企业4287家、内联企业4392家、市属企业1.2万家，工业产值逾272亿元。市场的“魔力”就这样把一幢幢高楼、一座座工厂、一条条道路呼唤出来了。

（三）“看得见的手”

然而，市场的“魔力”并不仅仅是给人类带来福音。

在亚当·斯密的那个时代，资本主义崇尚市场机制的自发作用，只重视“看不见的手”，导致一次次的经济危机。“看不见的手”既为资本主义带来巨大的财富，又造成了巨大的灾难。而在今天，特区要突破传统计划经济的僵化模式，向社会主义市场经济迈进，这场创世纪变革的成功与否，取决于能否支配市场的“魔力”，用政府调控和计划管理这只“看得见的手”，抑制市场“魔力”的消极作用。

特区的实践，已经作出了明确的回答。

特区运用“调放结合”的方式成功地进行了价格改革，为市场的发育和市场体系的建立提供了前提。价格改革成功之后，政府并不是放任自流。深圳市先后对主要生活资料和生产资料进行“差率控制”，即明确规定各种商品的进价和销价差率，允许经销商品价格高来高去、低来低去。同时还制定“交易公开化、成交票据化、簿记和度量衡器标准化”等措施，把

“看得见的手”与“看不见的手”巧妙地结合起来，保证市场机制健康运转。

深圳的股票市场，由于供求关系、股民心理不成熟及其他非正常因素，曾出现盲目狂抢、狂抛和黑市交易、非法发行等混乱现象。深圳市政府借鉴外国的成功经验，结合本地实际，先后制定了股份公司管理、证券机构管理、股票印制管理、股票发行与交易管理等法规，使股市逐步转上健康发展的轨道。今年，又建立了买卖电脑自动撮合系统，使股市运作更加规范。

随着市场经济的发育、成长，特区政府的职能已逐步从直接管理转变为宏观决策和调控，即“政企分开，宏观管住，微观放开”。具体地说，政府主要管总体发展规划，包括经济规划、国土规划、人口规划等；制定产业政策，调整产业结构；通过价格、信贷、税收等经济杠杆，制约和影响市场关系，并对市场活动进行工商行政管理和法律监督。深圳市一位官员说，经济活动犹如打球。政府的职责是定规则、当裁判，为球队队员充分发挥技能创造条件。现在，深圳市已制定各种经济法规400多个，社会主义市场经济新体制的雏型已经形成。尽管它还有待于完善，但是，它充满着生机，充满着活力，充满着希望。

（本文原载于《南方日报》1992年8月23日。）

"普宁现象"探秘

——普宁市发展专业市场的调查

近年来，普宁市致力于发展专业批发市场，成绩显著，声誉日隆，引起了社会各界的广泛关注。人们觉得不可思议的是，普宁缺粮，却冒出了兴旺的粮食市场；无海岸线和海洋捕捞，却有发达的水产市场；本地没有中草药材和烟草基地，却形成了粤东最大的药材、烟草市场。同时，普宁市交通不算发达，既无港口和机场，也不通铁路，仅靠广汕公路运输，其商品购销却辐射全国29个省、市、自治区。为了探索奇特的"普宁现象"的成因，最近我们对普宁市的布匹、服装、水果、水产、卷烟、药材、蔬菜、粮食、副食品、杉木等十大专业批发市场进行了调查和分析，初步提出几点看法。

（一）市场发育的轨迹

置身于普宁市那种规模宏大、款式豪华、富有现代气派的新型专业市场之中，但见商贾云集，万物涌市，确是名不虚传。普宁专业市场功能齐全，服务周到，他们的做法是：专项商品、专用设施、专业管理、专门服务。在各个专业市场内，商品种类专、规格全、数量多，同时设有管理所、治安室、合同仲裁庭、工商银行办事处、代储代运室、供水室等服务机构，提供货运、通讯、信贷、法律等多方面的服务。

功能如此齐全的专业市场，并非是一朝一夕建立起来的，而是经历了一个从自发到自觉、从分散到集中、从小到大的发展过程。早在20世纪80年代初期，农村实行家庭联产承包责任制，长期被束缚在土地上的农民开始解放出来，寻求新的生活出路。其中一些具有商业意识、有经商渠道的农民便在县城流沙镇周围及广汕公路流沙至池尾段两旁搭起竹棚，经营水产、药材、蔬菜、粮食等商品。当时，许多商品尚未放开经营，有些行业为了维护垄断利益，对普宁提出种种责难。同时，群众自发经商，难免鱼龙混杂。弄虚作假、缺斤短两、走私贩私等现象时有发生，脏、乱、差等现象更是一个难治的顽症。面对这种复杂的局面，普宁市政府经过深入调查研究，认为发展商品市场是利国利民的好事，应该满腔热情给予支持。对发展市场中存在的问题，应该逐步探索解决的办法。从而使民间自发的商业行为转变为政府自觉培育市场、完善市场的行为。普宁市在实践中逐步形成以市场为导向，以培育专业市场为重点，以发展第三产业为纽带，立足普宁、联结粤东、辐射全国、走向世界的经济发展战略，推动全市经济蓬勃发展。

普宁市培育专业市场的做法，概括起来是三个字："放""建""管"。

1.放——早放开、早占领，产生"名地效应"

发展专业市场，是从自给半自给的自然经济向商品经济转型、从统购统销体制向市场经济转轨过程中必然出现的现象。应该说，普宁市政府较早地从群众的自发行动中感受到这种必然性，因此，敢于大胆放手让群众试验，为经营者创造一个自由、平等、竞争的交易环境。

一是放开价格。凡允许上市的商品，均由市场供求关系自由定价，随行上市。对于当时国家尚未放开价格的商品，也根据本地实际情况采取灵活变通的办法。普宁粮食紧缺，为了解决粮食问题，市政府早在20世纪80年代初期就放手让个体户挂靠集体搞粮食贩运、批发，并从税收、信贷上给予支持，从而形成粮食专业市场，每年运销粮食5万吨以上，不仅解决了全市的粮食需求，为毗邻县市提供了粮源，还推动了产业结构的调整。缺粮市出现粮食市场的奇特现象，正是由此而来的。

二是放开经营。普宁市率先打破国合商业独家经营的局面，从政策“松绑”做起，鼓励个体户和私营企业参与市场竞争，做到地不分南北、货不分东西、人不分公私，只要守法经营，就一视同仁。开始，他们为农民供销人员发证正名，为勤劳致富的个体户、私营企业主撑腰；继而，他们又为个体户到城镇租用场地、购买住宅、迁入户口提供条件；后来，他们为个体户组织员工培训，提供法律、信息咨询。从而使个体和私营企业在市场中迅速成长起来，成为发展专业市场的重要组成部分。

普宁市先走一步放开市场，抓住了历史提供的机遇，抢占了“时间差”。普宁的专业批发市场很快就在粤东、在广东省乃至全国出了名，形成“名地效应”，吸引四方商贾慕名而来。商贾云集又推动了专业市场的发展。

2.建——舍得投入，建设规范化专业市场，产生“规模效应”

系统论的非加和性原理认为，“整体大于或小于部分之和”。普宁市政府根据这个原理，按照经济合理的原则，把同类商品集中到一起经营，有效地克服了分散、杂乱经营所必然产生的消极现象，实现了“整体大于部分之和”的效果。起初，水产品分散经营，脏、乱、差的问题一直无法解决，周围居民叫苦连天。1988年，原县工商局投资53.4万元，建设了钢筋混凝土结构的市场设施5060平方米，出租给水产经营户，形成了整齐、卫生的水产专业市场。目前这个市场不仅吸引境内一些重要渔港的水产品，连东南亚渔港的水产品也来此交易，日购销量超过30吨，出现了无海岸线也有水产专业市场的现象。

把专项商品集中到专项设施进行经营，并不是农贸集市简单地延伸和扩大，而是产生新质的市场——专业化经营的市场。在这种新质的市场中，商品集中，经营者集中，客户集中，信息源也集中，这就使商品交易在可比较中进行：质量的比较、花色品种的比较、价格的比较、服务的比较、信誉的比较等，从而推动经营者不断提高经营水平。“七五”计划以来，普宁市共投入资金近1亿元，新建、改建10个专业市场和45个综合市场，总面积31万平方米。同时，对专业市场的配套设施如交通、通信、能源等，也舍得投入，使商品流通畅行无阻。普宁建设大市场，实行大批发，促进大流通，形成大气候，现在已成为一个重要的商贸、信息中心。

3.管——建立市场秩序，完善市场机制，发挥商品的聚射功能

商品在流通过程中展现出极强的聚射效应。它聚而成市，通过市场交换，向四方辐射，从而吸引更大范围的商品前来聚集，又向更大范围辐射。如此周而复始、循环往复，不断壮大市场，扩大市场的辐射范围。实现这种良性循环的前提和基础，是要有良好的市场秩序和市场机制。秩序混乱、机制残缺，商品的聚射功能就会被扭曲。20世纪80年代初期广汕公路沿途其他县、镇建立起来的一些专业市场，就是由于管理不善，出现欺行霸市、假货充斥等不良现象，导致了市场崩溃。

普宁市在实践中总结正反两方面的经验，逐步摸索出一套行之有效的管理办法。

一是通过政策导向规范市场。在市场兴办之初，刚洗脚上田的农民进入市场，由于政策、法制观念淡薄，常出现经营上的越轨行为。普宁市政府并没有因出现一点乱子就急“下杀手”，而是认真分析问题，根据客观实际需要制定一系列管理方针和措施，用以规范市场。例如，他们对国家允许上市的商品采取“五不限、五自由”的购销政策：不限种类数量，自由购销；不限价格，自由议价交易；不限地域和运输工具，自由贩运；不限经济成分，自由结伙；不限经营方式，自由经营。而对经营活动中的越轨行为，他们也总结了几条处理问题的政策界限，即：国家一般性管理的商品从宽，严禁经营的商品从严；外地客商一般性违章从宽，本地经营者违章从严；偶发性的小越轨行为从宽，一贯性的从严；少量从宽，批量从严。平时，普宁市对经营户的管理是疏导在前、防患未然。发现违章，即严加教育，促其去邪归正。

二是运用经济杠杆调控市场。普宁市政府运用价格、税收、信贷等经济杠杆，对市场的启动、发展、运行进行有效调控。例如，前些年十分敏感而且难度极大的物价问题，普宁既敢于放开，又善于调控。在平时，政府对生活用品和生产资料的价格贯彻随行就市的方针，主要靠市场供求来调节。但在供求关系极度失衡时，则一方面采取主渠道大量吞吐物资进行调剂，另一方面由政府提出指导价格，制止价格暴涨，保护消费者利益。1986年七号台风过后，普宁发生洪灾，粮食调运困难。政府当即令国营粮食部门抛出库存，平抑物价。同时召集粮食经营大户共商粮价问题，制定了指导价格。这样，灾年没有出现粮价暴涨的现象，有效地安定了民心。

三是运用法律手段维护市场。普宁市在各专业市场内设立了公安派出所、治安管理组、工商管理所、经济仲裁庭，及时调处纠纷，打击墟虎市霸，打击制售伪劣商品、制黄贩黄、走私贩私等违法行为，有效地维护了合法经营、公平交易的市场秩序。

（二）机制——市场良性运行的灵魂

市场机制是市场调节资源的过程和方式。市场有三个基本要素：供求、价格和竞争。三个要素的展开和运动，就是市场运行的三个机制（供求机制、价格机制、竞争机制）和三个规律（供求规律、价值规律、竞争规律）。市场活动就是市场主体根据供求关系、价格信号所进行的竞争活动。市场机制的运行体现了市场结构的内部联系及其规律，是市场运行的灵魂。普宁市场的良性运行，正是由于具有较好的市场机制。

1.需求启动——普宁市场的主要特色

供求关系是市场的基本关系。供求的变化影响价格，而价格的变化引导资源流动。供求关系的特点，决定了市场结构和市场运行的特点。

从资源依存的角度，难以看清普宁市场的真实面貌。从供求关系的角度来看，普宁市场的成因就清晰得多了。从供求关系上划分，市场可分为供给启动型和需求启动型两种。有资源、产业依托的市场是由供给启动的；没有资源、产业但有较大的需求则形成需求启动型市场。普宁缺乏自然资源，也没有大工业，在众多专业市场中，只有水果、服装、蔬菜是由供给启动的，而粮食、水产、药材、布料、卷烟等大多数专业市场都是由需求启动的。这就是说，需求启动是普宁市场的主要特色。

需求启动型市场的启动点是内需，即本地的需求：普宁人多地少，在历史上是个缺粮县，对粮食有巨大的需求；普宁属水乡，有众多河沟和池塘，却不像珠江三角洲那样有养殖淡水产品的传统，历来以吃海鲜（包括腌制品）为主，对海产品有较大的需求；潮汕地区的群众历来对“补药”（贵重药材）存在崇拜的心理，也有精巧的制作方法，药材市场最初就是从贩卖贵重药材起步的；等等。这些内部需求就是形成粮食、水产、药材、卷烟等专业市场的原始动力。道理十分简单，贩运这类产品到普宁，很快就会被消费，贩运者很快就能赚钱，从而带动更多的人投入经营，逐步形成市场。

从内需启动到外需拉动，展现市场社会化的过程。专业市场与农贸集市的根本区别在于，它在全社会范围内调节供求关系。普宁需求启动型市场形成之后，首先是辐射到有共同需求的粤东地区，其次再逐步辐射到全国有同类需求的地方去。外部需求成为推动普宁专业市场发展的拉力。为了满足日益庞大的外部需求，普宁专业市场从全国各地调集物资，又把物资运送到全国各地去。这种类似“转口”贸易的市场运行方式，掩盖了“需求启动”的真实面貌，常常使人怀疑它存在的正当性。其实，这是专业市场不断扩大调节供求关系的范围，市场社会化程度越来越高的表现。

同时，普宁随着专业市场的发展，内部需求也在不断扩大。一方面是当地居民收入提高产生新的需求，另一方面是新的产业形成新的需求。近年来普宁新出现的服装行业，有五六万台衣车在运作，这就对布料提出了需求，从而启动了普宁的布料市场。

2.自由定价——专业市场形成的前提

价格机制是市场机制的核心机制。价格受供求关系变化的影响而上下浮动，反过来又影响供求关系，调节社会资源的配置，是市场运行的中心调节器。

价格机制的正常运转，需要两个条件。一是自由贸易，货物来去自由，不受任何人为的限制；二是经营者自由定价，由市场形成价格。只有买卖而不能自由贸易、自由定价，还不可能形成市场。计划经济条件下从未产生、形成专业市场，原因就在这里。

价格机制的运行是通过市场主体的经营活动来实现的。普宁专业市场的经营者多数是个体户、私营企业主。他们伴随着专业市场的发展而发展，是在商品经济的风浪中搏击成长的。因此经营比较灵活，能根据供求关系及时调整价格和商品种类。普宁国合商业系统较早实行承包制，经营者成为独立的市场主体，面向市场自主经营、自主决策。自由贸易和自由定价，使普宁专业市场的价格能敏锐地反映供求关系，引导着物流的运转。

普宁市场价格机制的运行，存在绝然相反的两个方面：作为需求启动型市场，本身没有资源和产业为依托，必须有较高的价格，才能“价高招远客”，吸引物资源源流入；作为“转口”贸易的辐射地，又必须形成价格低谷，才能产生“低谷效应”，吸引客商前来采购，推动物资源源流出。解决这道两难的课题，当然是一个十分复杂的过程。从最主要之点上看，一方面是经营者包销产地的商品，使得某些商品的价格比产地还低，另一方面是政府采取让利的办法，“放水养鱼”，使得供求双方客户到普宁都有利可图，这样，“货如轮转利自生”。

外地客户得利，本地经营者得利，政府也得利。价格机制与利益机制是紧密联系在一起的。

3.平等竞争——市场活力的源泉

普宁专业市场的竞争包括两个方面：一是专业市场内各个经营者之间的竞争；二是普宁各个专业市场与广汕公路沿途及其他地方同类市场之间的竞争。普宁市政府通过加强监督、管理，提供全面、优质的服务，建立良好的市场秩序，保证专业市场内所有经营者的自由贸易、平等竞争，使市场充满了活力，从而提高了专业市场的整体竞争能力。在前几年市场疲软的情况下，普宁专业市场不仅没有萎缩，反而蓬勃发展，成为各地同类市场中的佼佼者。同样，普宁国合商业在同个体经济的竞争中，不但没有被冲垮，反而在经营机制的转换中奋起，效益年年上升。

市场的竞争机制是通过作用于其他市场要素而实现其功能的。竞争激发了市场主体的进取精神，推动价格机制的良性运转，刺激了社会需求，提高了供给弹性。普宁的专业市场主要是由需求启动的，但有需求并不一定能形成专业市场。必须是有需求又有供给能力，才能启动、发展专业市场。普宁专业市场全方位的开放性和竞争性，使本地的需求和供给发展为社会性的需求和供给，这就扩大了资源配置的空间，也加快了资源配置的速度。同时，在竞争的刺激下，普宁专业市场那灵活的队伍、庞大的网络、充裕的资金、发达的通信，都能充分发挥其效能，大大地提高了供给弹性（指供给对需求变动反应的灵敏度），促使市场在较短的时间内迅速调集商品，对需求、价格的变动作出灵敏反应，以适应复杂多变的庞大市场需求。这就促进了市场机制整体功能的发挥，推动普宁专业市场迅速发展并不断扩大其集聚与辐射能力。

（三）市场发展的社会功能

从表面上看来，普宁十大专业市场是互不相关的，各有各的地盘，各做各的生意。但在实质上，各个专业市场是互相影响、互相渗透的。譬如说，外来客商有的送来粮食，买走药材；有的送来药材，买走服装；有的送来卷烟，买走粮食；等等。而本地经营者外出采购，又可以逆向输出、买入。如此环环相扣，把十大专业市场连成一个整体，形成整体的功能。普宁专业市场的整体功能除了加速资源的配置速度、扩大资源的配置空间，推动流通领域的变革之外，还有更深刻的社会意义，那就是推动农村城市化，促进人的观念现代化，带动城乡经济普遍繁荣。

1.专业市场的发展推进了农村城市化

农村城市化的道路有几种类型，有以工业化带动城市化，有以市场化带动城市化，也有以工业化与市场化相结合带动城市化。普宁在十大专业市场发展的过程中，加强了交通、通信、能源、住宅、仓库、供水等市政配套建设，也带动了饮食、服务、旅游等第三产业的扩张。专业市场群体的联结，因“市”而成“城”，吸纳了大量农村剩余劳动力成为城市居民。据统计，全市从事第三产业的劳动力已达29万人，占总劳力的48％，农业劳力的比重已由1978年的87％降到30％，这还不包括那些种地兼做生意的农民。1984年，普宁县城流沙还仅有常住居民3.8万人（城镇户口），建成区面积1.93平方公里，区内水泥路7公里多，日供水能力0.75万吨。而现在城区非农人口已达19.3万人，建成区6.83平方公里，日供水能力

5万吨。县城流沙已初步形成粤东地区的商贸中心，每天来自全国各地的流动人口达3万多人。以流沙为中心的6个重点镇，已形成组团式城市化的经济区域。

2.专业市场带动三大产业同时发展，推动城乡经济普遍繁荣

专业市场的发展促进了农业生产向基地化、商品化发展，推动了规模经营。水果、蔬菜、粮食专业市场的兴办，引导全市农村调整生产布局，建成了以生柑、青梅、青榄、油甘为主体的2.7万多公顷水果商品生产基地和1533.3公顷多的蔬菜商品生产基地。专业市场的发展，带动了乡镇工业的发展。至去年底，全市乡镇企业达5095家，年总产值17.15亿元，占全市工农业总产值的5.5%，比1985年增长了5倍。例如服装专业市场的兴起带动全市兴办服装加工企业4500多家，一大批前店后厂的服装专业户应运而生，解决了7万多人的就业。专业市场的发展，还带动了第三产业的发展。专业市场的发展，带来了人员、资金、货物的大流通，促进了旅游业、交通、通信、金融等服务行业的发展。1978年全县仅有机动车辆944辆，目前已增至2万辆；围绕市场做贩运的人员达1.5万人。县城服务行业迅速崛起，宾馆、旅社增至18家，餐厅、饮食门市增至100多家。同时，专业市场带动城乡经济普遍繁荣，给当地政府提供日益增多的税费，也给当地老百姓带来了经济实惠。1992年全市收取市场管理费、个体工商管理费共1263万元。去年全市财政预算内收入已超亿元。农村人均纯收入1218元。

3.专业市场的发展促进了人的观念现代化

市场既是交易场所，又是群商荟萃的地方，是学习商品经济、价值法则的大学校。普宁的专业市场发育早、机制活，人们对它接触最直接、最频繁，感受也最深。许多洗脚上田的农民走南闯北，在商品世界的汪洋大海里拼搏，从小本买卖到大宗经营；从少数人试着干到多数人“下海”，一户带一村，一村带一片，汇成了波澜壮阔、气势磅礴的农村商品经济大潮。尽管农民文化程度不高，但在实践中造就了一大批商界雄才，他们以大商人的胆略走出了县界、省界乃至国界。在市场中，经营者之间不仅是商品质量、商品价格的竞争，更主要是服务态度、服务质量、商业道德的竞争。以质优、价廉、物美取胜，以文明经商、优质服务招徕顾客，已成为广大经营者的共识。许多从业人员在实践中加强商业知识、法律知识和文化知识的学习，提高了自身的整体素质。

从小农经济到商品经济，从农村到城市，是一个巨大的历史转折。这个转折不仅是劳动方式的转变，而且也是生活方式、思想观念的转变。普宁在发展专业市场的过程中，伴随着小农经济的瓦解和商品经济的兴起，建立在小农经济基础上的传统农业文明，正逐步为建立在商品经济基础上的现代城市文明所代替。小农经济条件下“日出而作、日入而息”的安稳生活，转变为不断开拓新的商业领域的冒险活动，求稳观念就为冒险精神所代替；束缚在几分土地上的封闭生活，转变为走南闯北的经商活动，封闭观念就为开放观念、信息观念所代替；市场以等价交换为原则，温情脉脉的血缘关系转变为按合同办事的业缘关系，身份观念就为契约观念所代替；市场竞争优胜劣汰，小生产者要求平均分配的平等转变为创造的平等、竞争的平等，因循守旧、无所作为的观念就为积极进取、开拓创新的观念所代替；商海风云变幻，抓时机、抢时间就是抓金钱，散漫的生活方式转变为快节奏的生活方式，机遇意识、效率意识、时间观念就在人们身上滋长起来。反映商品经济和市场运行的新观念一旦形成，反过来又成为推进商品经济和专业市场发展的精神动力。

当然，在新旧生活方式和新旧观念碰撞的过程中，也会出现许多混乱的现象，甚至许多陈旧腐朽的东西也会死灰复燃。这是新文明诞生过程的社会“阵痛”。还要经过较长的时间，新文明才会完全确立。城镇作为城乡的接合部，现代城市文明的发展，直接辐射到农村，引起广大农村的巨大变化。以流沙为中心的组团式城市化经济区，正成为新文明的生长点，带动全市奔向现代化，奔向幸福的明天。

（本文原分三期载于《南方日报》1993年5月17日、5月24日、5月31日，与顾作义合写，获1993年度广东财贸新闻一等奖。）

情系花园

在祖国南大门广州市的中心，有一座高贵典雅的淡黄色建筑，坐落在鲜花环绕、绿树成荫的花园之中，她就是闻名海内外的花园酒店。常年奔波于世界各地的商贾政要，一踏入酒店就被那壮丽雄奇、金碧辉煌的大堂所折服，无不由衷赞叹：“大手笔！”

这“大手笔”的直观成果，是开业20年来经营收入70亿元，交纳税费6.7亿元。而如此豪华的五星级酒店，在20年前国门刚打开的那个环境里，对于树立地区新形象乃至树立改革开放良好形象，作用则无可估量。“大手笔”体现大智慧、大气魄，同时也体味着一段不解情缘——穗港双方精诚合作，唤来“花园”满园春色。

（一）慧眼独具　东风乍起勇开帆

时下广州市最繁华的路段——环市中路当数一大亮点。可是在20多年前，这里却是一片菜地，俗称“青菜岗”。中年以上的广州人也许还依稀记得那蛙唱蝉鸣的田园风光。正是花园酒店矗立于此，才引来了世贸大厦、友谊商店、好世界……

一家酒店何以有如此魅力？答曰：时势使然。

国门打开之前，中国内地旅游饭店业处于“招待所时代”。饭店设施简陋，功能单一，只是为客人提供简单的食宿。广州由于每年要举办两届出口商品交易会，情况稍为好一点，但从管理模式上看，仍然归为“招待所”。从封闭走向开放，要吸引外国客人前来观光旅游、投资经商，就要有一个适合他们居住习惯的地方。早在党的十一届三中全会之前，全党和全国的战略转移还在酝酿之际，改革开放总设计师邓小平同志就高瞻远瞩抓国际旅游酒店的建设。1978年初，国务院成立了旅游工作小组，同年11月又专门成立“利用侨资、外资筹建旅游饭店”领导小组。广东有“毗邻港澳，华侨众多”的地缘人缘优势，当年与港商同时商谈三个项目：白天鹅宾馆、中国大酒店、花园酒店。领衔投资花园酒店者，是香港希慎有限公司主席利铭泽。

利铭泽是港英政府的首位华人议员、知名港商。1978年应中央政府邀请赴京参加国庆观礼期间，利先生就与全国人大常委会副委员长廖承志及当时国家旅游局领导人探讨合作兴建五星级饭店的意向。广州市政府的诚心邀请，每年两届的出口商品交易会和毗邻港澳的优势，使利先生最终选择了广州。利铭泽邀请李兆基、郭德胜、叶汉、黄球、叶谋遵等人以及丹麦马士基集团、英国太古集团与广州市政府达成共识：在广州合作兴建一座全国规模最大的五星级酒店。利先生充满信心地表示，不但要在广州建世界一流的酒店，还要为国家培养一大批现代化的酒店管理人才。后来，他在给中央领导同志的一封信中叙述了投资花园酒店的设想：投资建设广州花园酒店，以规模而言，不仅在全中国是最大的，而且在世界上也列于前十名。在国门初启之际，敢于拍板建设如此气势雄伟的酒店，无论是港方的投资者，还是中央领导，都具有非凡的胆识。

（二）春寒潮落　艰难时刻见真情

1980年3月28日，由广州市副市长林西代表穗方，利铭泽代表港方，双方签订了在广州合作建造与经营花园酒店协议书。年底奠基，次年初破土动工，一切进展顺利。

然而，风云变幻，世事无常。

随着1997年渐次到来，国际上对香港的前途提出种种猜测。1982年秋，中国政府明确宣布如期收回香港主权。正如邓小平同志所预见的，香港发生小的波动不可避免。部分香港人以为回归意味着资产“国有化”，一时间港资外流，地产大降、股市大跌，银行不肯贷款。港方投资者筹资遇到了困难，花园酒店的建设面临着严峻考验。

时任广州市市长梁灵光认为，利铭泽先生是打开国门后首先到广州投资的香港知名人士，如果投资半途而废，那势必影响别的财团对中国投资的信心，在海外也会造成不良影响。广州市应该拿出诚意，与合作者共渡难关，给投资者以信心。根据当时的特殊情况，穗方采取“特事特办”的灵活态度，经与港方磋商，双方于1983年5月签订了“补充协议”。补充协议确定，由穗方担保，港方向“CCIC”银团贷款7亿港元，从而化解了酒店建设的“资金危机”。

在酒店建设最困难的时候，时任国务院副总理谷牧作出批示：“这个酒店不但要建成，而且要办好，办成一个与外商合作的样板。”20年过去了，实践证明花园酒店的确是中外合作的样板。不仅在那个特殊时期是样板，而且时至今日，中外合作项目遍布全国各地，她仍然是响当当的样板。穗港合作双方的当事人在不同时期、不同场合的回忆中，对花园酒店的成功合作都有着共同的认识，那就是：重协议，守信用，精诚合作。制定协议尽可能详细，可操作，甚至连哪些事情适合香港法律，哪些事情适合内地法律，都事先明确约定。在执行协议过程中，一切以法律和协议认可的条款为准绳。这样穗港双方有着评判是非的共同标准，对合作过程中出现的矛盾和问题，都能成功化解。当事人都认为，这是花园酒店取得成功诸多因素中一个最基本的因素，也是一条最基本的经验。

在改革开放刚刚起步之时，春寒尚未退尽，“姓社姓资”“爱国卖国”之争不绝于耳，穗方领导人的做法是有压力、有风险的。对此，港方投资人心里十分清楚。他们在深受感动之余，积极投入项目建设，力促工程速度，力保工程质量。几个大老板甚至经常深入工地和工人们一道挥汗大干。黄球先生和关超然先生都说过：我们亲身参与了国家改革开放的实践，那段时间是我生命中最难忘的日子。

（三）红棉怒放　阅尽春色显风流

1984年春节，是花园酒店值得浓墨重彩书写的日子。大年初一一大早，中国改革开放总设计师邓小平同志挥笔写下店名“花园酒店”四个大字。

总设计师总是在改革开放的关键时刻，就某一重大问题发表指导性意见，何以会为一家酒店题写店名？原来，邓公此次南下，正是改革开放的一个关键时刻。广东办特区先走一步，国内众说纷纭。邓小平同志视察了深圳、珠海经济特区之后，挥笔题词，扫清人们对改革开放的种种疑虑。联系到同一时间对经济特区的题词，邓小平同志为花园酒店题写店名颇具匠心。

中国特殊的国情，使酒店业充当了对外开放领头羊的角色。这是历史提供的机遇，而花园酒店的建设者抓住了这个机遇。这就使花园酒店在建设过程中有着非同寻常的际遇：全国人大常委会副委员长廖承志引介项目；时任广州市委书记杨尚昆奠基立石；时任国家进出口委员会副主任江泽民为酒店设备进口作批示；邓小平同志题写店名……同时，世界设计大师贝聿铭为酒店提出设计理念，并画了一张“V”形楼体式样的设计概念草图。因贝先生太忙，具体设计施工由香港著名建筑设计师司徒惠完成。

花园酒店瞄准世界级的水准来设计和建造，在当时酒店业中创造了许多全国之最：建筑面积最大、酒店大堂最大、会议中心最大、大理石镶金壁画最大、店外花园最大……因为设计意念超前，其中一些记录保持至今还没有被打破。难怪酒店完工之后，其模型作为“中国现代化建设标志”送到在日本东京举行的世界博览会上展出，引起了轰动。

广州的市花是木棉。木棉又称“英雄树”，那挺拔的英姿、火红的花朵，给人以奋发向上的启迪。花园酒店高耸的外墙，有一朵10米见方、差不多三层楼高的巨大木棉刻在高墙顶端，这就是店徽——酒店的“迎宾花”。自1984年8月28日试营业，1985年8月28日正式开业后，花园酒店成了广州旅游业和高级商业、政务活动的品牌形象。这里每天进出着中外商贾、各界名流；这里每天进行着重量级的风云际会：香港、澳门基本法起草委员会历次会议，交易会开幕酒会，世界大都会，申亚评估团陈述会，外国驻穗领事馆国庆酒会等，都在这里获得圆满成功；世界500强落户广州的121家中，有100多家与花园酒店签订了长期合作协议。1995年花园酒店加入了世界顶级酒店组织，成为该组织在中国的第一位成员。真是红棉怒放，笑迎天下宾客，阅尽春色显风流。

（四）继往开来 一路高歌永登攀

花园酒店是按世界级水准来建造的，也是按世界级水准来管理的，为客人提供着世界级的服务。

从1984年到1994年，花园酒店先后聘请了闻名遐迩的半岛集团和利园集团管理。这是酒店开始学习国际先进管理经验的10年。10年里，酒店系统学习了现代化酒店管理体系和国际饭店业的服务标准，并培养了一大批自己的人才队伍。目前酒店中层以上管理人员中，70%是从基层员工成长起来的。酒店逐步与世界先进水平接轨。到1997年，酒店提前还清了股东们的全部投资本息17亿元，合作双方分红3.3亿元。从1995年开始，酒店不再聘请管理集团，而是实行董事会领导下的总经理负责制，自己管理酒店。经过10年拜师学习摸索，中方管理取得成功，酒店业绩始终雄踞国内旅游饭店业前列，在国际上也占有一席之地。酒店先后18次被国家旅游局评为“最佳五星级酒店”，2002年被国际机构认证组织评为“2001年世界旅游饭店五百强企业”，入选“中国最具竞争力企业”。

穗港双方合作期满移交仪式即将举行。此时此刻，穗港双方当事人既为成功合作而欣慰，又为即将惜别而依依，期满情未尽。在合作期满即将结束前，港方股东表示：“要把一个靓丽的花园酒店交给广州市政府。”

花园酒店既往如此辉煌，将来如何更创辉煌？

花园人对此做了充分准备，展开扎实的工作。随着广州建设国际大都会的加速，随着中国旅游服务市场进一步对外开放，花园酒店面临新的高度和追求，确立了现代化、国际化、市场化的发展目标。她迈出国门，与日本海鹰大酒店、法国昂热大学签署了合作协议，通过互派培训生、互相交流管理经验、互相开发市场、互相利用资源优势，共同提高国际化水平；她提升自我，与华南理工大学共同开发流程再造系统，提高服务质量，使工作流程更为科学、快速、人性化；她追求知识，先后聘请清华、北大等著名专家学者，来店讲授现代化企业的经营理念，开展企业发展战略研讨。这一系列的举措提升了酒店的品牌形象，获得了海内外商务客户的赞誉。2004年9月，经全球旅游饭店业最具权威的《商务旅行者》杂志（Business Traveller）评选、由香港专业市场调查机构通过对海内外商务客户调查问卷统计结果揭晓，花园酒店名列榜首，从香港捧回了“2004年广州最佳商务酒店”奖牌。

明天的花园酒店，将继续秉承其创业者、建设者的初衷：建造世界一流的酒店，创造国际化的品牌。“国际视野、中国风格、专业化经营、集团化发展”，将是她新一轮的追求。

（本文原载于《华南新闻》2004年12月29日，与罗艾桦合写。）

第六章　心路历程

诗曰：

激流险滩何所惧，乘风破浪自有时。
滚滚惊涛千帆过，回首应笑避风夫。

这首诗，是我24岁所作。年轻气盛，满嘴胡言。不会押韵，不懂平仄，只是抒发一个梦想，一厢情愿。

我从梦中来

我出生于一九四八年农历十月十一日。头胎男孙，奶奶很高兴，天蒙蒙亮就出门给土地公上香，报告添丁。消息很快传遍全村，邻居一位老太太人称“褒姆”，悄悄对老辈人说：“我昨晚梦见一乘大轿抬进香婶（对我奶奶的称呼）家，她家男孙将来是要当官的。”

我们家乡的习俗是，不对婴儿说肯定的话，如英俊漂亮、升官发财之类的。而是说些否定的话，如丑丑（潮汕话“野样”）呀，讨人嫌呀。因此，关于男婴的梦，只在老一辈中传递，一直对本人保密，意在保护他健康成长。

我出生几个月后，一位路过我们村的风水先生（普宁石鸟村人），根据生辰八字，给我起名“镇宏”，按辈分字“於開”。“於開”的含义是“井中泉水取不尽”。这个字，从来没用过。这个名，从来没改过。邻居老太太那个梦，我是一直到1968年高中毕业回乡才听说。那时，大学停止招生，高中毕业回乡务农的我，人生正处在迷茫之中。对于那个充满良好愿望的梦，听后好像没有什么感觉。

然而，那个梦似乎凝结着村里老辈人对我的期望。现在回想起来，我从小就受到大人们的关照。老辈人的期望，冥冥中推动着我不断进步。小学毕业，我考上了县重点中学。初中毕业，莫名其妙考上省重点中学。这个莫名其妙，真的是莫名其妙。

普宁县重点中学是普宁第二中学。我的学习成绩在班内可稳定在前五名，因此初中毕业时我填写第一志愿是普宁二中。只要正常发挥，估计问题不大。第二志愿填了写普宁华侨中学。名为侨中，其实不是专为华侨子女办的学校，好像是华侨捐资办的学校。该校在县城，离家不远，声誉相当不错。其他中学在各乡镇，办学条件比较差，离家比较远，我觉得不太可能去这些学校读书。第三志愿怎么填？老师强调志愿要填满，以防万一。左思右想，就填了“汕头金山中学”。本意是，金中是省重点中学，考上金中是不可能的。就算补个空白吧。

录取通知书发下来，傻眼了：汕头金山中学。不仅我傻眼，家人也傻眼。对于一个劳动日只值两毛钱左右的农民家庭来说，去离家60多公里的“大城市”读书，是沉重的负担。父母考虑经济问题，奶奶考虑年龄问题。在那个封闭的环境中，很多农村人连县城都没去过，只在附近赶农贸市集。我家在县城附近，是“县城脚下”的孩子，算是有些见识。奶奶认为我只有16岁，远离家庭不放心，于是找在县里工作的邻居，希望他们去县里说情，让我在县城读书。叔叔伯伯们听说我考上金山中学，都十分高兴，说“阿宏考上的是好学校，许多人想去也去不了，还是让他去吧”。

到金山中学之后，我才解开“莫名其妙”之谜。原来，当时金山中学是省属学校，全名是“广东金山高级中学”（不设初中班），也称省立金山中学，由汕头市代管。金中是在原汕头地区和梅县地区招生的。招生范围包括现在的梅州市、汕头市、潮州市、揭阳市、汕尾市。在这个范围内，金中招生有“特权”，即优先权，只要填报金山中学，不管是不是第一志愿，适合的都可以录取。我填志愿“弄假成真”，倒是让我走上一条独特的路，后来薄有所成，即由金中始，幸哉。

我在金中学习的感受是，学校招生范围广，优质生源多，个个刻苦努力，人人奋勇争先。稍有松劲，即告落伍。令我震惊的是，同宿舍一位来自汕头市的同学陈才源，竟然抱着一本厚厚的黑格尔的书，读得很专注。我好奇借来一看，发现是“天书”，一句也看不懂。我问他看得懂吗，他回答说：“慢慢领会吧。”

好一个“慢慢领会”，我深受启发，从此走上学习理论的道路，坚持数十年，直到现在。陈才源学习理论起步早，功力深。他后来并没有从事理论方面的工作，而是将理论应用到实践中，运用智慧化解生产中的问题。在工厂工作时，他根据生产需要搞了多项创造发明，1988年荣获“广东省劳动模范”称号。后来他又发现经济发展过程中的新需求，创办相关企业，取得了成功。

当时我不可能去读黑格尔。我选择比较简易的办法——买《矛盾论》《实践论》单行本，就是白色封面、黑色书名铺红底那一种。从经济上讲，薄薄的单行本买得起。从智力上讲，中国人讲中国话，比较容易理解。虽然读得很吃力，但是读着读着，一些概念就进入脑海：“实践认识”“对立统一”“对立面为什么能统一”，似懂非懂。慢慢地，这些概念就逐步成为看问题的“零件”。

有一次宿舍楼检查卫生，我所在的宿舍因脏乱差成为反面典型，在宿舍大门口布告栏被点名批评。我作为室长“压力山大”，后来全体舍友齐动手，上上下下，里里外外搞得非常干净。一位舍友还从楼下找来两个旧花盆，挖几株野花种上，显得温馨可爱。第二次检查，我们宿舍成为正面典型，受到同规格的布告栏表扬。就这件事，我写了一篇黑板报稿《坏事变好事》，登在班教室宣传栏上。班主任张开怀老师看后很满意，说陈镇宏能运用毛主席的哲学思想分析问题，值得表扬。说者无心，听者有意。我写那篇稿子时并没有自觉运用毛主席哲学思想来分析问题。张老师的表扬给了我学习理论的驱动力：哲学，还是可以学的。

我是1965年秋到金山中学读书的，属于老三届最低的一届——68届。由于来自农村，远离家庭，一开始很不习惯。金山中学作为省属学校，学生的待遇比较好：每月配给27斤米，农村来的学生有6～9元助学金。这与县以下农村学校的寄宿生相比，已经非常优厚了，但是吃不饱、想家，仍然是农村学生的天敌。经过一年的磨炼，我已经基本适应这里的环境。1966年夏学年考试，各科平均成绩88.2分，大大超出了预期。于是，我决心加倍努力，满怀豪情进入考个好大学的梦乡。

闹中寻静处

然而，天有不测风云。

突然间“文化大革命”爆发，滚滚洪流冲击一切、淹没一切。

在遭受长期痛苦煎熬之前，我们这代人意外地参与了一场空前绝后的“革命大串联”。首先是上北京接受检阅。我们一行于1966年10月底到达北京。当时我们只穿一件卫生衣加一件外套，下火车时被冻得直哆嗦。北京负责接待的同志看到南方来的学生冻成这个样子，颇为怜惜，优先把我们安排到西单煤建公司招待所。好在第二天太阳出来之后，天气并不是很冷，于是我们在几天中跑了几所大学：看大字报、接受传单和学习资料。11月3日接受检阅。之后，天气太冷，我们迅速南撤。经天津、南京、上海、杭州，直奔广州。在温暖的广州，我们住了半个多月，同样是跑高校、看大字报、接受传单和学习资料。

“串联”之后是煎熬。我与一位要好的同学商量，得找个地方学点知识，否则青春就会变成一片荒漠。于是，我们闹中取静，在存放旧桌椅的仓库挪一小块地方来学习。当然，那时没有也不可能有系统的读书计划，心中总是盼望复课。因此所谓学习便是抓到什么就学什么，觉得不浪费时间就满足了。

最便捷的是“文化大革命”中散发的各种学习资料。印象最深的是《毛主席与侄儿的谈话》。这篇谈话充满人生哲理、生活哲理，具有深刻的教育意义。如：发生问题不要埋怨客观，要从主观上找原因；埋怨别人不了解自己，首先自己就不一定了解别人；遇事要抱吃亏的态度；要多读点书，多想点事；等等。我把这篇谈话抄在笔记本上，后来还时常拿出来学习。

另一份资料是教人如何学会写文章。文中所说的要注意积累词汇，写文章才表达得清楚，写文章要注意逐步形成自己的风格等，当时很受启发。从此，我觉得有用的资料，如名人语录、历史典故、古人诗词，都随手抄录。《红楼梦》诸多诗词，我摘抄一小本，不时阅读。

最大量的是读原著，主要是读毛主席已发行的选集，《矛盾论》《实践论》等。当时有一本《辩证法唯物论——毛泽东同志讲授提纲》，这本资料内容有唯心论与唯物论、辩证法唯物论、唯物辩证法等，具体内容讲述了物质论、运动论、时空论、意识论、反映论、真理论，共16页，约一万一千字。因为得不到这本资料，我便借来抄在笔记本上。买书不如借书，箴言也。

当时我还借到一本蒋学模等著的《政治经济学常识》，通读并作了约三万二千字系统摘录。

最值得一提的是，1968年，我一位堂叔从部队复员回家，他送我一本艾思奇的著作——《辩证唯物主义和历史唯物主义》，说是指导员送给他的。我如获至宝，夜以继日地阅读。此后这本书一直跟随着我，认真阅读多遍。

后来逐渐有同学来我们的“小书屋”聊天，传递小道消息，畅谈革命形势。由于我喜爱读书，话题中常渗入读书时的疑问。如讨论人的本性是不是自私的，自私是不是社会发展的动力；水中的月亮是怎么来的，天上的月亮真实还是水中的月亮真实等。当然，此类话题当时觉得是奇谈怪论，并没认真对待。谈得最多的，还是各种学习资料带来的话题。

天真而幼稚的我们，经常说梦话。回顾这些有点趣味的往事，我发现，在那时“怀疑”的幼芽就已经开始萌发，有待于成长为独立思考的能力。

柳营闻书声

1968年10月，“老三届”（指1966、1967、1968三届高中生）同时毕业回家。我生于农村，长于农村，回乡并没有过不去的坎。只是无学可上，心中总是空荡荡。一位平时说话比较“油”的大叔问我：“为什么不让你们上大学，是不是怕你们读了‘大书’后不好领导？”面对这种农民式的问题，除了目瞪口呆，还是目瞪口呆。

到了年底，机会来了。农村高音喇叭宣布征兵开始。听到广播，我当即到大队部报名参军。体检合格，政审合格，带兵人满意，于是我里里外外换上了部队提供的衣服，真的是“赤条条来去无牵挂”。

感谢上苍眷顾，把我放到了广东省革命委员会（省委）警卫连。在这里，我获得了读书的机会。

省委警卫连的任务，当然就是警卫，具体说就是为机关大院、省委领导站岗放哨。到了大城市当兵，生活在机关大院，每天军事训练、站岗放哨之余，有可以自主安排的业余时间。我好读书的天性慢慢显露，逐步滋长，大半年以后，就已经有了“读书饥渴”的感觉。

那时连队的饭堂安排在省委办公大楼地下室（实际上是第一层），饭堂对面堆放着乱七八糟的杂物。我开始时视而不见，吃饭，走人。后来有一次在好奇心驱使下，看看堆放什么。在一个角落露出半本书，我抽出来一看，是列宁的《唯物主义和经验批判主义》，便顺手借来学习。虽然看不懂，我还是硬着头皮读下去。晚饭后，星期天，便是我读书的时间。

一天早晨，出早操后，打扫完卫生，离早餐还有一点时间，我拿出书来阅读。这时排长进来检查内务卫生，看见我在读书，高兴地问我读什么书。我双手将书递上，排长看了封面，认真地对我说："有关领导认为，学习革命理论，对我们基层干部战士来说，就要百分之百读中国人的书。"排长的话我不理解，事后我继续读书，记得用了好长的时间才把书读完，放回原处。革命军人不拿群众一针一线，任何时候都要坚持。

1971年前后，毛主席发出指示，要读点马列的书。毛主席亲自列出6本必读的马列著作，列宁的《唯物主义和经验批判主义》赫然在列。记得这6本书是《共产党宣言》《哥达纲领批判》《法兰西内战》《反杜林论》《唯物主义和经验批判主义》《国家与革命》。

伟大领袖发出指示，全党全军立即行动，印书籍，编辅导材料。我近水楼台先得月，从省军区司令部政治处拿到全套6本书和6本辅导材料。在尔后几年里，除《反杜林论》外，其余书籍和辅导材料我全部读完。仍然不懂，但也不是完全无用。在这几年里，我写出了一些有分量的文章在报纸上发表。

1972年9月中旬的一天，南方日报社一名女编辑骑单车来连队找我，带来我写的一篇批判历史唯心主义的文章小样，要我看看有没有差错。交谈中两人都有潮汕口音，说起来竟是普宁二中的校友。于是，来人直话直说："我叫陈巧和，南方日报理论组编辑。组长是军代表，他上班时门卫给这篇稿，他看后很满意，当即亲自编稿。"满意归满意，出自战士的稿件还是令他犹疑。陈巧和接着说："名义上是送小样，实际是要了解你参考了什么文章，特别是看谈吐，有没有料，一开口便知。"我告诉她主要是参考艾思奇的《辩证唯物主义和历史唯物主义》一书，同时参考了《红旗》杂志的一些文章。我写的文章寄出后，《人民日报》才登出同标题的文章，内容是不同的。陈巧和后来告诉我，她回去向组长汇报，说到艾思奇的书，组长很感兴趣："他怎么有这本书？"

1974年，部队设立理论教员一职，将我从连队班长调到省军区司令部政治处，准备提拔为理论教员。在这个过程中，我已参与教学。当时省军区机关不定期举办理论、历史讲座，有一期由我主讲。当主持人介绍主讲人为某连班长时，在座干部们交头接耳，是惊讶还是怀疑，不得而知。讲课效果我是从老连长华振东处得知的。华连长已调任省军区司令部管理处管理员，次日上班时，同事对华振东说："你们连队的班长就这么厉害？"老华很为我高兴，答道："很多书他都翻烂了"。

那个讲座办了多久，我不知道。而登上讲台的战士，可能只有一人。而这个人，不能提干部，理由是"超龄"。当领导委婉表示惋惜时，我心里一阵悲凉：我还未为社会作贡献，怎么就"老"了呢？

极具戏剧性的是，几十年后，广东新闻界评选"终身成就奖"，我所在的人民日报社广东分社推选我参评。我的条件大大优于评选要求，遗憾的是，还有一个附加条件：出生时间限制在1946年以前。那时我已退休了，真的老了，但因生于1948年，还是太年轻。年轻时人家说你"太老"，老年时人家说你"太年轻"。人啊人，该怎么活啊！

迎风归故里

1975年5月4日，已不被认为是青年的青年人，乘长途客车回乡——普宁县流沙公社赤水大队。早晨6时准时开车。那时出广州往粤东必经瘦狗岭，此地也被认为是城乡的分水岭。天蒙蒙亮，汽车驶过瘦狗岭时，我的心突然一动：这座城市抛弃了我，我还能回来吗?

汽车在泥沙路上颠颠簸簸，摇摇晃晃。下高坡时的失重感，急转弯时的尖叫声，至今仍感同身受。一路上我似醒非醒，似睡非睡。今日逆风逆水，何时顺水顺风？迷迷糊糊，经过10多个小时的煎熬，我终于到达县城的流沙车站。

一走下汽车，即时有三四辆单车围过来，送客，到赤水5毛钱。到赤水不远，读初中时每天都走这条路。于是我选择节约，徒步回家。到家时天已黑下来了，由于我事先没打招呼，家人很吃惊：“你怎么回来了？”邻居也很吃惊，他怎么回来了?

第二天一早，我就脱掉鞋袜下田干活。一天下来，除了6年不着地的脚板走沙石路有点刺痛，干农活还是一把好手。从此，白天干农活，晚上在村前场地与邻居喝茶聊天。天还是那么蓝，月还是那么明。熟悉的环境，熟悉的乡亲，熟悉的话题，既亲切，又新鲜。在重尝农村生活的新鲜感未过去之前，倒也活得颇为自在。

一天晚餐后，正在读小学五年级的堂弟拿出课本来学习。

我问他看什么书，他把书递给我：语文。翻开来，居然发现我发表在《南方日报》的一篇文章被收入了语文课本。我问他学习了吗，他说学过了。我让他讲给我听，他说“很难”。我不明白小学语文课本为什么要收入这篇文章。更不明白的是，能选入小学五年级教材的文章作者，为什么不能待在写作的岗位上。

更难堪的是，韶关地区煤矿来普宁招工，复退军人优先。我满怀信心去报名，结果是“非复退军人”优先，我落荒而逃。潮汕有句俗话，“运背时，吃水也磕牙”。信乎？

数月后的一天，农闲，我在生产队制作潮汕面线的作坊看技工们手工操作。我想下场学两手，他们不肯，说我不是干这个的。不干这个干什么呢？正说着，外面有人找我。来人自我介绍，是大队分管青年和宣传的陈锡有。我招呼他到住处喝茶。他拿出一叠材料，说明来意。原来，广东省正在试验农村建沼气池，把粪便、烂菜叶等转化成沼气，解决燃料问题。潮汕地区人多地少，燃料问题十分突出。于是省科技局把试点放在普宁县，县把试点放在流沙公社，公社把试点放在我们大队。试验非常成功，我家也把旧厕池改建成沼气池，不失肥力，而产生的沼气能烧火煮食物，还能点灯。对于鼓舞人心的成功试验，公社办公室马上撰写总结上报县，县上报省。省科技局认为材料不合格，退回重写。公社办公室应付不了，干脆把材料下放到赤水大队。大队书记接过材料眉头一皱：大队写得过公社吗？知情者建议，某人在部队写过报道和材料，让他试试看。我16岁离乡去汕头读书，20岁离乡去广州当兵，对农村的运作并不是很了解，因此我只答应把材料留下来，看看再说。

其实，公社那份材料很丰富，各项细节应有尽有，如技工如何培训，给农户的建筑材料如何补贴，技工的劳动工分如何统筹等等。我没有重新采访，只是把原材料打散，再重新组织：把试验成果从各部分抽出来，单独组成一部分放在首位，再叙述如何试验、如何分配，已使用沼气的农户烧火照明情况等。材料逐级递上去，省科技局很满意。

生产大队级试验点成功，于是就要在面上推广。由省科技局拨款，在流沙公社成立沼气推广办公室，县科技局点名由我担任资料员。待遇是：每月36元，其中18元领现金，18元作为公社统筹发到大队记工分，大队又作统筹发到生产队。每1元记1个劳动日工分，年终工分值则由各生产队的收入确定，好的年景是每个劳动日分值约0.2元。1元转换成0.2元左右甚至更少，是当时的普遍做法，大家没意见，或者是农民根本不知怎么回事。

个人生活有了着落，一个严肃的问题摆在面前：婚姻。二十七八岁对农村人来说，婚姻确实是“超龄”了。因此，常有热心人给我介绍对象，我一概敬辞。有趣的是，在上塘大队办沼气时，大队妇女主任一再动员我要赶快结婚，免得将来“父老子幼”。她甚至说：“在上塘这里，你看中谁，我来做工作。”沼气办公室主任黄稳在一旁附和说：“你都这个年纪了，还想干啥。”我的确还想“干啥”。自从学理论之后，我是很有使命感的。但是到了此时，我才深切地领会到一个理论观点：劳动还是谋生的手段。先得能生活，才谈得上发展。“你还想干啥”，实际上就是“你还能干啥”。我心有不甘，在日记中向天地发出呼唤：春且住！让百花齐放，各呈其骄。

公社沼办给我一个睡觉的床位，但是在那里看不了书，我每天早出晚归。好在离家不远，也不觉得有什么不便。下乡到各大队办沼气时，则把书随身带着，空闲时间随时学习。

在农村两年多时间，我在煤油灯下，先后读了任继愈的《汉唐佛教思想论集》，某高校编的《西方哲学史》（上下册），同时读了《红楼梦》等小说。我家房子比较宽裕，我一个人单独住20余平方米的房间。我从广州带回很多书，还带回一个书架，使我的卧室俨然成了一个书房兼会客室。房门两边贴着我书写的对联："书山有路勤为径，学海无涯苦作舟。"来过我住处的乡亲朋友，大多表示惊讶：你还在读书？书是我的命，也是我的路。登上书山看风景，潜入学海抓鱼虾，读书使我度过了那迷茫、无助的时光。

学府门重开

有道是“行到水穷处，坐看云起时”。1977年10月21日，一个爆炸性消息传来：恢复高考！老三届未婚者可以参加。（后来又放宽至结婚生子者都可以参加）

当时我正在郭厝寮大队办沼气。按规定，考试内容以1973届课本为准。于是，我立即找郭厝寮的青年技工说，谁不参加高考，就把全套课本借给我。很快外号“雅弟”的青年技工就给我送来一套1973届课本。我从初一数学复习起，“一路绿灯”，直到高一数学都毫无障碍。我是1968届毕业生，高中只读了一年，翻开高二数学课本就呆住了，无从入手。我大胆地决定自学。从10月21日宣布恢复高考，到12月11日考试，只有1个月又20天时间，自学一学年的数学课程谈何容易？也许是当时课程比较简单，也许是为圆十年高考梦，我将全身的能量都调动起来了，所以进展比较顺利。高考数学题高二部分出了一道论证恒等式，我居然做对了。对于我来说，这是“奇迹”。

复习期间，我还创造了另一项“奇迹”，那就是政治课我猜中了一道题。当时报纸用4个版的篇幅，刊登邓小平在联合国大会第六届特别会议上的发言，论述毛主席关于“三个世界”的理论。我对周围的考生说，高考应该有“三个世界”理论的一道题，无人相信。我将邓小平的发言列出几道题：“三个世界”理论的主要内容，“三个世界”理论的理论依据、事实依据，“三个世界”理论的意义等。后来高考试卷真有一道题：毛主席关于“三个世界”理论的依据是什么？结果，政治学科我考了89分，并以总分331.5分（4科）的成绩被中山大学哲学系录取。在哲学系1977级近百名新生中，我排名第三。

开学定在1978年3月12日，可提前3天报到。记得我是3月9日报到的。那天早晨，当汽车从流沙车站徐徐驶出时，1975年5月4日傍晚汽车徐徐驶入流沙车站的情景仍历历在目。由此想起了“瘦狗岭之问”——广州，我还能回来吗？我就要回来了，而且已经在回来的路上。要问翻身的答案，就凭思想的力量、意志的力量、信念的力量。农家子弟无依无靠，只有自己救自己。

渴望10年的大学生活终于来了。走进校园，这才发现恢复高考后的第一届学生的诸多奇异景象。学生年龄差异，竟有15–16岁之多，已接近一代人的差距。有些农村来的学生，风吹日晒，30岁出头已显老，一“老”一“小”走在一起，还真像是“父子”。小姑娘叫惯了解放军叔叔，顺口就称从部队考来的同学为叔叔，很使“叔叔”高兴了一阵子。还有挺着大肚子来学校报到，未上学先休学的女生。有带着两三个孩子的父亲，有带着两三个孩子的母亲，背井离乡从农村来读书，面临的考验，与其说是严峻，不如说是严酷。

1977级，在中国教育史上，注定是一个特殊的符号。1977级聚集了10年的社会精英，每个人都有一部奋斗史。1977级欣逢改革开放的历史大潮，社会为他们准备了广阔的舞台。1977级以振兴中华为己任，争分夺秒读书，如饥如渴学习。经历失学之苦，方知上学之甘。我过去是挤出时间读书，现在是挤出时间休息。全天候读书，系统接受马克思主义理论训练，追求真理的初心格外真切。

大学生活除了认真学习，课外活动也非常丰富。我们近百人一个大班，有足球队、排球队、篮球队，分别自称“足协”“排协”“篮协”，后来开始跳交谊舞，又有“舞协”。我们几个不爱激烈运动的人，坚持每天晚饭后散步，自称“步协”，围绕中山大学中心区域走一圈，差不多一个小时。

散步时，起初主要介绍各人的阅历，介绍各地风情，后来也谈论课程中的问题，谈论社会现象。有一次一位同学自我介绍是小学五年级语文老师考上来的，引起我的兴趣。我问他对某篇文章有印象吗，他答道：“岂止有印象，印象深极了，因为很难讲解。”我不小心说那篇文章是我写的，同行者开玩笑说，“以后大学教材收入你的文章就更好了”。当时只道是玩笑，并不在意。

不曾想，2000年2月20日左右，华中理工大学新闻和信息传播学院一位教师打来电话，要把我一篇文章收入教材，希望我写背景材料和写作体会。后来还发来了公文：“我们从90年代优秀新闻评论中精选出一些代表作品，编为新闻评论教学阅读材料。经认真筛选，确定选用您的作品《再造广东新优势》。”

感谢那位同学的玩笑！

舒心的日子，时间过得真快。暑假很快来了，我选择留校。原因有二，一是想多读点书，二是想节约路费。广州到流沙，来回车费20元，这20元沉甸甸的。

意外的是，班里留校的同学揽来学校挖电缆沟的“工程”，黄太权、陈逢攀和我等同学参加，共挖了6天，每人分到若干元。从时间上推算，我们可能是恢复高考后开创大学生勤工俭学的先驱。

自从1978年5月11日《光明日报》发表特约评论员文章《实践是检验真理的唯一标准》之后，关于真理标准的大讨论就在全国轰轰烈烈地进行。暑假有充分的时间，我提笔撰写了《“引文盒”之弊》一文，论述学习、运用马克思主义的正确态度，不能把某一条语录教条化、神圣化。文章于8月26日在《南方日报》发表。

开学后，同学们对班里同学能在报纸上发表文章感到惊讶，纷纷表示祝贺。其实，我发表第一篇文章的时间是1971年，距“引文盒”一文已有7年的时间。即使回到乡下，我依然有文章见报，署名“程投岳”，即是“从头越”，想要翻身的意思。

此次我翻阅旧作，觉得有些文章还是有点意思。1980年底，一位部长级人物接受高级宴请，被《中国青年报》曝光。广大群众为舆论监督而高兴，但有些人却对报纸的“抹黑”而恼怒。针对“抹黑”论，我写了《脸脏不要怪镜子》投稿。当时报社已经接到不再讨论宴请的指示，于是将真事隐去，议论照发。40多年过去，真是时过境迁啊！近年来，吃请、请吃自然不是问题，问题是数千万乃至上亿元的贪污受贿频频见报，令人心寒。就在今天（2022年11月8日），还是《中国青年报》，报道辽宁省某官员受贿3.52亿元。掩卷沉思，反腐倡廉的制度建设任重道远。

在学习过程中写点评论杂感发表，只是一点业余爱好、业余补充。最重要的，还是要把各科课程学好，深刻领会基本原理、精神实质。前面提到高考时猜中一道政治题，只是当时察觉到“三个世界”理论的重要性，高考可能会出这方面的题，并非刻意猜测。事实上，我在中学学习期间，从来不猜题，而是把精力放在基础知识的学习上，注重基本功的训练。基本功扎实才能真正学到知识，牢固掌握知识。青少年时期学到的许多知识，多年后我仍然记得，甚至能背诵或者复述出来。对于考试，功力深厚才能“以不变应万变”。大学各科课程，在复习期间我都做系统的学习笔记，现在还保存着。

经历十年的社会锤炼，在读书时自然而然就会联系社会实际。在学习马列原著和共产主义运动史时，写课程论文我有意识地结合当时思想理论界的争论写了一篇5000余字的文章《试论马克思主义运动的危机》，论述马克思主义在其发展过程中，出现挫折乃至危机，是正常的历史现象。随着革命实践如改革开放实践的向前推进，马克思主义理论必然会有更大的发展，甚至是飞跃式的发展。文章投给报社后，编辑回复：“文章写得很好，但太敏感，就不发了吧。”而任课老师则把它作为范文挂了出来。

检验大学的学习成果，各科成绩当然是重要的，而毕业论文的质量，应该是最重要的标准。也许是我长期写评论的习惯使然，我的毕业论文是直接针对社会现实而来的。具体说，是针对《中国青年》杂志开展人生观讨论中反映出来的问题而写。

《中国青年》杂志1980年第五期刊登署名潘晓的来信。信中充满着青年人的许多困惑，发出“人生的路呵，为什么越走越窄”的感叹。一石激起千重浪，这封信把十年动乱给青年人造成的种种精神困惑引爆出来了，从而开展了一场人生观的大讨论，中心问题是——人为什么要活着？

我关注着这场讨论，发现有两个问题。其一是从数万封来信中摘登的观点看，青年人对社会、对生活的种种认识，或多或少，或自发或自觉，有着相对主义的倾向。我觉得应该对此开展深入研究。其二是讨论中负面情绪的文章很生动，引人关注，而正面的说理则干巴巴，停留在理论说教层面，缺乏说服力。人生观的讨论半年就结束了，但我觉得总的来说是正不压“邪”，了犹未了。因此，我确定了毕业论文的课题，并概括出“相对主义人生观”的概念，进行分析探讨。

在黄春生老师的指导下，我探讨了相对人生观的社会基础、认识论基础，提出建立科学人生观的若干意见。全文近2万字，完稿后寄给中国社科院青年研究所主办的《青年研究》（内部刊物），很快得到回复：“决定全文刊登，请勿另投他刊。”在我们毕业离校之时，我的毕业论文全文发表，并被《湖北社会科学动态》（内部刊物）转载。

后来我又对相对主义人生观的认识论基础进行深入探讨，明确提出：相对主义人生观是以相对主义作为认识论基础的人生哲学，其特点是夸大事物的相对性，把社会变迁、人生祸福看作飘忽不定，同时抹煞相对性的客观基础，认为是非善恶没有客观标准，一切以利己为原则。该文以《相对主义人生观剖析》为题，由《江海学刊》发表后，被《新华文摘》全文转载。

抱得百佳归

我长期给南方日报社理论部写稿，他们对我比较了解。大学毕业时我投奔他们，并得到接纳。1982年1月，我到南方日报社报到，成为理论部一名编辑。

南方日报社理论部的业务主要有两项，理论宣传和评论。过去我在各种岗位上都接触过这两项业务，因此来这里似无缝衔接，上手比较快。此后，我一如既往刻苦读书，同时虚心请教，勤奋工作，在各位老编辑的指点下，业务有较大的进步。

最初我负责文摘版的编辑工作。回想起来，编辑文摘版对新手是很好的锻炼。首先是扩大知识面，每天要翻阅各种报纸、杂志，寻找最新的信息。那时改革开放刚开始，各种论调纷繁复杂，如何把握舆论导向又找到令人开眼界的文章，很有学问。其次是从一篇长文中摘录百来字的观点，既要短，又要准，还得符合作者原意，这正是编辑工作的基本功。有了这段过渡性工作，后来转为编理论版，就顺理成章了。

在编辑理论稿件过程中，我渐渐悟出当编辑的要诀。一是阅稿要有平等之心。编者与作者的关系是平等的，要处处为作者着想。切不可以居高临下之心去阅稿，此等心态绝不可能发现稿件的亮点，也不可能领略他人文笔之韵味和意境。二是修改稿件要有敬畏之心。编者要善于发现作者的长处，善于欣赏作品的优美之处，特别是要尊重作者。作为编者，有权不选用某篇稿件，但是既然要采用，就要充分尊重作者的写作习惯、写作风格。遇到看不清或看不懂的地方，要向他人请教，包括向作者请教，切不可想当然随意改动，闹出笑话，甚至造成负面效应。编者手中的笔，就是一把刀，一刀砍下去，就不可挽回了。譬如王安石的诗句“春风又绿江南岸”。若认为“绿”得没道理，改成“春风吹绿江南岸”，千古名句就被“吹”得烟消云散，令人欲哭无泪。

以平等之心阅稿，以敬畏之心改稿，编辑工作就常能使文章“锦上添花”。有一次，当时的广东省经委主任寄来一篇稿件。我修改后寄小样给他审阅。他看后很满意，在小样上写上“陈主任谢谢你”。我那时只是一名普通编辑，看到退回的小样上写着“陈主任”，吓了一跳，赶快拿起剪刀把这句话从小样上剪下来，以避“招摇撞骗”之嫌。还有一次，深圳市委组织部寄来市领导长篇论文。我精心编辑，虽然修改比较多，但领导还是比较满意的。他阅后对组织部的同志说：“这样的文章，你们怎么写不出来？”并问：“这个人能不能挖来深圳工作？”组织部的同志传来信息，我甚为欣慰，觉得这样当编辑是一种享受、一种境界。

做好编辑工作的同时，我也不放松写作，陆续发表了有分量的评论。《“寒童”的呼唤》获全国好新闻二等奖；《论“用足政策”》被《人民日报》全文转载；《来一次城市“包围”农村》被《人民日报》《海南日报》《辽宁日报》《文摘报》等多家报纸摘登。20世纪80年代末，大众对各种消极现象厌恶又无可奈何，社会普遍出现焦虑、迷茫的情绪。领导让我考虑一下，能否撰写几篇评论来解答各种疑虑。当时正值春节，整个节日及节后的一段时间我全副身心投入写作，先后发表了五篇评论员文章：《莫以一时得失论改革》《改革的道路不可能直而又直》《积极的方针需要积极的态度》《商品经济与消极现象》《同舟当共济》。文章发表后社会反映强烈，部队来信说这组评论是进行形势教育的“及时雨”，广东省委书记林若在一次会议上表扬这组评论“针对目前普遍存在的思想疙瘩进行教育，这很好”。

走上理论部领导岗位后，我与同事们反复研究新形势下如何改进理论宣传工作。大家认为，新时期理论宣传工作，既要更直接服务全省社会经济发展大局，又要更深入服务生活、服务群众。于是，我们在理论版明确提出“让理论走向大众”的口号。

为了走向大众，我们精心策划在理论版开设的新栏目，如《社会新伦理》《世象聚焦》栏目，对社会出现的新问题、新话题及时进行分析评点，针砭时弊，扶正祛邪，赢得了社会各界的好评。影响最大的新栏目是《活个明白——经济学告诉你》。这个栏目从日常小事入手，运用经济学知识进行分析，以达到普及市场经济知识的目的。第一期刊出文章的标题是“西瓜甜不甜”。理论版突然刊出题为“西瓜甜不甜”的文章，这种新鲜感就很吸引人。原来，该文是以日常买卖西瓜为例，明明不相信瓜贩的话，为什么还是要问一句“西瓜甜不甜？”以此说明信息不对称原理，一炮打响。当时社会单车失窃严重，早上上班找不到单车特别烦人。为此我们发了一篇《为什么“偷单车多”而“抢银行少”》的文章，谈“风险成本”的道理。令人惊奇的是，不久后番禺发生银行抢劫案，劫犯行为与文章的分析完全一致。

意想不到的是，这个小栏目竟然引起了中宣部阅评小组的注意。《新闻阅评》第330期（1997年5月30日）载文称，阅评员认为，这个专栏的文章观点站得住脚，比较新鲜，和群众关切度大，切入点和选题都比较讲究。文章娓娓道来，通俗而有味道。这种理论与实际相结合的经济宣传，受到群众欢迎。

在理论部同事们的支持下，1995年我获得首届“全国百佳新闻工作者”称号，进入社委，破格晋升正高职称。逆风逆水三十年，终于等来了顺风顺水的时候。

社委不是报社领导，但要参加值夜班，负责报纸的出版工作。深夜班对于许多人来说是轻松的，甚至是愉快的（次日可以自由安排）。而我很不适应，牙痛、喉咙痛，成日晕乎乎的，很难受。老中医开的药，老朋友送的滋补品，都不顶用。顺风之下，其实难受。

1997年春夏之交。有一天下班前夕接了个电话，说是人民日报社一位副总编辑来广州，要见我，请我明天上午到珠岛宾馆某号楼某号房。次日我应约前往。会客室坐着五六人。他们热情招呼我，介绍主人是人民日报社副总编辑李仁臣。李总开门见山：“我们来广州办华南分社，出版《华南新闻》，总社要求班子配备一名地方干部，以更好了解情况。经考察，想请你来担任华南分社副总编辑。”我感谢之余，说明此事太突然，容我考虑，同时问李总：“此前我看过招聘广告，分社人员是聘用制吗？”李总笑着回答：“招聘工作我们已经做完了，跟你没关系，你是正式调入人民日报社的。”

从珠岛宾馆回办公室，心中五味杂陈。生活真会开玩笑。人民日报社招聘广告刊出时，我曾对理论部的同事说：“你们去不去呀，想去赶快报名。”现在，这个问题竟然要由我来回答。入党多年的教育，我明白此事是组织行为，应该报告。于是我走进社长李孟昱的办公室，如此这般，和盘托出。李社长闻之略有愠色："昨晚刚请他们吃饭，怎么不说。"李社长接着说，"我的意见还是留下来，在这里还是大有可为的。"是走，还是留？的确有点纠结。思前想后，走为上计。更何况此事特别符合我的性格：万事不求人，顺其自然。人家把轿子抬进门来了，还不上轿吗？

天上掉馅饼

人民日报社的呼唤，是真实的“天上掉馅饼”。李仁臣老总后来说：“我们征求过广东省主管领导的意见。他说：‘如果是其他人，我还要进行了解。如果是陈镇宏，我认为他是合格的’。”谢谢领导的关爱。

来到人民日报社华南分社，开始是分管总编室和采访部。从主管理论评论到主管采访编辑，业务转移了，工作也跟着转移。从此经常要带记者下乡采访，或者到各记者站同记者一起采访。在这个过程中，我感受到理论对于采访、撰写新闻也是重要的。

2003年7月中旬，我和记者韩建清、李时平前往清远采访，写了《清远开始踏上腾飞路》的长篇通讯。我为该文写了序，摘要如下：

> 人们常说，历史不会重演。其实历史总是在重演，只是不会简单地重复。近日记者驱车清远市，深深地感受到，20世纪80年代中期珠江三角洲波澜壮阔的工业化浪潮，正在清远重演。所到之处，推土机和汽车扬起的滚滚尘土，遮蔽了山村的袅袅炊烟。

文章刊出，分社内外，清远当地，都反映甚好。后来有一次在广州开新闻工作会议，一位同行对我说，清远那篇文章写得好。“历史总是在重演，只是不会简单重复”，精彩。

《人民日报》有个优势，就是能写“内参”向中央反映地方情况，有时也向省委一把手反映情况。由于性格上的原因，我只反映地方的创举，或地方的困难，从而帮助一些地方解决了长期积累的问题。

后来《华南新闻》停刊，华南分社改为广东分社，机构作了相应调整。我分管采访部，同时分管办公室和行政处，这里谈点分管行政方面的事宜。

有一次一位员工因为个人的诉求较长时间得不到解决，就跑到分社社长办公室哭闹。时任办公室主任齐文京跑来叫我去协助解决。我走进社长办公室，见该员工哭得梨花带雨的样子，先就笑了，说："哎呀，你一个女孩子动刀动棒的，找对象都不好找。"她忍住没有笑出来。齐主任见事态缓和，上前做工作，冲突化解了。那时春节时兴短信拜年，该员工给我的短信是："也许我不是你最好的员工，但是你是我最尊敬的领导。"后来，此事传出去，有员工说"老陈一笑泯恩仇"。感谢同事们的理解与信任。

这件事非常小，本来不值一谈。但是它比较典型地反映了我的行事风格。记得我第一次参加行政处会议，向他们谈了我的工作方法：一是要把复杂的问题简单化，不要把简单的问题复杂化；二是我只问结果，不问过程。有点"无为而治"的味道。后来同事们渐渐发现，老陈在哪里，哪里就不会有事。有同事在我面前谈了这个发现，我说："老陈的作用就是没有作用。"

20世纪90年代到21世纪初十余年，各单位多批次组织出国访问。这种现象有它的必然性。对外开放，外国究竟是什么样子，需要出去直接感受。

有一次随人民日报新闻代表团访问意大利等国，遇到一件终生难忘的事。访问意大利外交部新闻司那天，双方约定当地时间下午5时进场。真不巧，领队那天另外有要事要办，于是同我们约定当地时间下午4时50分在意大利外交部门口等。4时50分，很准时，领队来电说事情未办完，指定我领队进场。我吓蒙了：进去谈什么？交流什么？我调动了全身细胞的能动性，还是不得要领。于是，我机械地跟着过安检，上楼进办公室，听意大利新闻司司长致欢迎词，介绍情况。轮到我了，我只能从虚到实，边说边想。首先是中国和意大利两国都是文明古国，两千多年来有着传统友谊，利玛窦等文明使者为两国友谊作出杰出贡献。其次，意大利发展中小企业的宝贵经验值得中国学习，中国正从农业国向工业国迈进，希望贵国多渠道向我们传授发展中小企业的经验。最后向他们提出，这两天我们参观了一些景点，导游介绍说，这里的游客中国人已超过一半，因此我建议意方在景点增加中文标识和中国话广播。司长听后笑了："这个意见很好，马上就可以办。"如果他们真办了，那么我们无意中办了一件好事。

从新闻司出来，上车坐下，上海解放日报社副总编辑说："老陈啊，凭你刚才一席话，把你放到哪个位置都是适合的。"我一贯自认为没有捷思捷才，一件事要想很久才能理出个头绪来。这次高度紧张逼出来的这一手，倒是让我怀疑自己是否还有潜能没有发挥出来？

回想在新闻司的讲话，我有一种很奇怪的感觉，一边在讲话，另一边在思索接下来要讲什么。讲话那头在讲中意两国古代文明，思绪那头从意大利古代文明跳跃到现实发展中小企业，又跳跃到旅游景点的指示牌和广播。每次跳跃都产生一种欣喜、愉悦，并使正在进行的讲话变得轻松、顺畅。我始终不明白的，这种“双脑”现象，是神助，还是自身固有的能力，或者只是我少见多怪。

在人民日报社华南分社十余年，我经历了从创办《华南新闻》到《华南新闻》停刊的过程，总的感受是：我从梦中来，又到梦中去。梦醒时分算总账：少了很多收入，多得很多时间。如果可以重新选择，我应该选择经济收入呢，还是选择时间？

有一次我应朋友之约去打高尔夫球，在一处很好的球位挥杆把球打进了树林。我嘟囔着，这么好的球位，怎么打得这么糟糕？球童小妹说：“因为球是圆的。”

惊叹高手在民间。的确，球是圆的。世事也是圆的，什么情况都可能发生。这并不是说，人完全是被动的，只能随波逐流。相反，世事无常人有常。人生不管是处于急流险滩，还是天上掉馅饼，都等闲视之，泰然处之。正所谓“此心安处是吾乡”，做人堂堂正正、安安心心，就是最好的归宿。

梦醒天未明

2017年秋，有一次10余位金中同学在汕头小聚，谈起陈才源读黑格尔的往事，惊奇地发现，当年才源读黑格尔全班皆知，怎么只有镇宏跟着才源学理论？同时还发现，两个读理论的同学，各有建树，理论能通神吗？

理论能否通神有待考证。重要的是，理论能使人看得远一点、想得深一点，这就是理论思维、理论修养、理论素质。记得20世纪90年代初在中央党校学习期间，有一次我在课堂发言中谈论资本主义改革，认为从自由竞争到垄断再到国家垄断是生产关系不断适应生产力发展的过程，同时推断资本主义发展还应该有一个阶段——国际垄断的阶段。下课后，有几个同学与我同行，给了较高的评价。其中一位同学甚至说："你的发言改变了我对广东人的看法。以前我以为广东人只会做生意，没想到思维层次也这么高。"

中国人民大学教授胡文龙曾详细点评过我的一篇小评论，其标题是《寓针砭于对照说理之中——简析〈"寒童"的呼唤〉的说理艺术》。我展读全文，深受感动。拙作没有用哲学语言，而胡教授却读出贯穿全文的辩证法。他认为，该文"深刻性来自辩证的思维方式"，并用近千字的篇幅来分析这种"辩证思维方式"：一、这种科学的思维方式首先表现在思维的全面性；二、表现在善于在普遍联系的基础上由表入里地思考问题；三、表现在巧妙运用发展的观点分析事物；四、表现在字里行间渗透着对立统一的思维方式。“由上可知，由于思维方式合乎科学性，这就使作者的见解富有远见卓识，也使言论大大增加了分析说理的深刻性和理论创新。”

胡教授过誉了，但他的分析启发了我。如果说，1965年的黑板报稿《坏事变好事》有哲学的影子，那么1987年的《“寒童”的呼唤》已经把哲学变成思维方式。20余年的功夫，修得正果。

大概从1972年开始，我把脑海中闪现的感想记录下来。开头那首诗，就是这种感想的固化。我在部队站岗放哨、军事训练、学习写作，都自我感觉良好。但是总会有多种碰碰撞撞，过得不很顺。我反复想，难道一辈子逆风逆水吗，只要咬紧牙根坚持下去，总有一天会顺风顺水。这个想法的诗化，就是“乘风破浪自有时”。这个“自”字是经过反复斟酌的，包含着肯定会、自然有、且等待、不放弃等诸多意思。那时心中的理想是什么？这次为了追寻记忆，翻开笔记本，有一则感想很值得回味，摘录如下：

> （1974年4月4日）望着繁花满树的木棉，由衷赞叹：高大挺拔，英雄气概。为保护自己，满身长刺。为利于他人，夏天绿叶如盖给人清凉；冬天脱尽绿叶让人得到阳光。真是大公无私，鞠躬尽瘁。绿叶扶红花是美好的，枯枝茁红花又何尝不壮观？得有自己的特色才好。

将木棉人格化，是一种追求，还是一种梦想？身上长刺、高大挺拔、大公无私，其实都与我不沾边。只有做人要有自己特色，一直追求着梦想，相信自己，走自己的路，使“梦想”由一次次不成真，积聚而成真。每次不成真，都是一种磨炼、一种修炼。磨炼是客体对主体的雕琢，修炼是主体对白身的完善。

回想那次排长对读书的意见，就是一种磨炼：要不要坚持，能不能坚持，敢不敢坚持，决定了之后人生的方向和道路。我当时的处理方式，体现了我的性格特点。优点是，认为正确的东西就进行到底，不管不顾，无怨无悔。这是逆风逆水等待到顺风顺水的必要条件。缺点是，脑袋不会转弯，处事不分场合，不分时机。怪不得连队半年总结、年度总结，给我的意见总是“骄傲自满”。那时感到很委屈：我哪有资本骄傲?看来，骄傲不需要资本，只是客观环境、人际关系使然。关系好，一切都好；关系不好，一切都不好。一切以时间、地点、人事为转移。

人的一生要找到一条适合自己发展的路子不容易。找到正确而适合的路子，一直坚持下去更难。最难处就是生存。那年本来是要提拔为理论教员，却回农村，失去一份职业，失去一份能确保温饱、继续学习写作的物质保证。

几十年来我常做同一个梦。近来因为回忆旧事，竟然又一次浮现梦境——在部队某部办公楼前，还算明亮的灯光下，一个形象模糊的领导对我说：“陈镇宏，你只能回去了。”

惊醒，起床，泡杯茶慢慢回味。

我常自认为随遇而安，其实内心深处隐藏着一个恐惧——害怕失去安定生活的恐惧。梦醒了，我还是我，我就是我，我只是我。知命者不怨天，知己者不怨人。

天未明，再睡一觉吧。但愿做个好梦。

附文

少年往事

自1965年7月离开母校至今，已是四十又四年。其间，只在1976年回校一次。因此，我记忆中的母校普宁二中，还是西平房、曲尺楼、小水池、开水房那个空间，那个模样。

四十四年是漫长的，又是短暂的。当校办的同志要我写点回忆文章时，尘封多年的求学往事陆续在脑海浮现，同学、老师、校长的形象竟然还十分鲜明。我生性沉默，不善言辞，在校学习成绩还可以，而其他表现平平，并无突出事例可“忆”，只好写下学习生活的若干零碎琐事，姑且称为“碎忆”吧。

（一）如何上学

到县城上学，每天放学后要为生产队挑回一担小便，这种事，如果不是绝无仅有，也是极为罕见的。而这份“美差”，有幸降临到了我的身上。

事情是这样的。我家在赤水村，1963年，我所在的生产队通过关系，经镇卫生所批准（那时没有城管），在流沙集市周边搭建了一个简易小便处，记得就是在“鲤鱼嘴”不远处。每逢“墟日”（赶集日），能收集到两担左右的小便，由农民伯伯轮流挑回来。而在平日，行人稀少，每天能收集到的小便只有两小半桶，甚至更少。在那个时代，化肥奇缺，粪便是农民的宝贝。有菜农进城向居民买尿，竟有居民向尿里掺水的奇闻，真是不可思议。正因为这样，生产队正式作出决定，只要我愿意（因我是队里唯一在县城读书者），每天把小便取回，不管多少，工分不少。我真的是“被主动”地接受了。家里太穷，不得不为呀！

于是，有了这样一个中学生的形象：寒冷的冬天里，有一个少年背着书包，穿着满是补丁的衣服，挑着便桶，赤着双脚走在布满碎石的小路上。这是去上学，还是去干活？在现时的“破衣族”（故意把新衣服磨破）看来，这个少年很“酷”，又是破衣，又是赤脚；又是书包，又是便桶，可能心生羡慕，想学也学不来。但是，那时虽说劳动光荣，虽说农村孩子谁都要挑粪便，而上学挑粪桶，放学挑小便，心中的辛酸，“谁解其中味”？

（二）如何上课

我是1962年上的初中，那时正是与苏联修正主义决裂的时代，外语课由俄语改为英语。但一时又找不到那么多英语教师，学校只好先让4个班学英语，而两个班仍然读俄语。不知出于什么考虑，上一届的留级生全部安排在两个俄语班里，我所在的一年级一班，只有7名新生。

这又是一种奇特的经历。在留级生占主导的班级里，出现了两种现象。其一是“未说头，先知尾”。全部课程他们都学过了，没有任何新鲜感。老师提问刚说了一半，他们已经说出了答案。在这样的氛围里，听课要特别认真，并下功夫锻炼独立思考能力。其二是误解教学差异。对同一个问题，不同教师有不同理解，在年轻的同学看来，前面的说法是对的，后面的说法就肯定是错了，有时就出现了“集体无意识”的起哄，导致教学秩序混乱。我在这里向同班老同学表白，说起这些事，是当时的感受和现在的认识，带有总结经验的成分，丝毫没有贬损老同学的意思。如有得罪，深表歉意。

回想起来，真是十分感激班主任张庠生老师。针对班里出现的情况，张老师找来班干部谈话，让骨干起好的带头作用。而在全班同学面前，张老师没有严厉的批评，而是在语文课教学中借题发挥，讲清道理。如借潮汕话中的潮州读音和潮阳读音的不同，说明外语读音的多样性；借一词多义，说明同一件事可以有不同的理解。最绝的是，他讲了一个故事：古时候有位私塾老先生，对“枭”字望文生义，认为鸟站在木上，当然该读“渠”（潮州音，意思为蹲），学生接受了。后来换了一位先生，准确地读出了“骁”（潮州音，hiao），结果哄堂大笑，学生说先生不识字。老先生长叹一声：“渠”哩渠三年，“骁”哩骁一时，没办法，收拾行李走人。张老师循循善诱，慢慢扭转了学习风气，一班还是一班！特别是那个“枭”故事，形象生动地说明不要先入为主，不要有偏见，这对于我后来做人做事，起了方法论的作用。

（三）课外如何学习

“课外”如果从回到家里算起，那么首先安排的不是学习，而是劳动。那时能参加的劳动主要有两种，一种是挑水淋菜，另一种是钓“蛤蚪”（一种小蛙）喂猪。直到天黑以后，这才吃饭洗澡，进入学习的时间。

1962年，社会处于三年经济困难的后段。老人的水肿还未完全退去，小孩的饥肠还未完全填饱。物资极度匮缺，定量供应的那点煤油，家庭正常照明还勉强可以应付，要用来读书学习，就得细思量了。好在我家是个大家庭，有二十几口人，堂兄弟姐妹尽量挤在一盏灯下学习，这就省多了。

那时候课外作业并不多，很快就可以完成。问题在于，我用得最多的时间不是在课内，而是在课外。做完作业，温习、预习一下功课，兄弟姐妹都回去睡觉了，我却拿出课外书，主要是小说，痴迷地读下去。有时直到听见第一遍鸡鸣，才赶紧去睡。这样一来，煤油就大大不够用了。一个偶然的机会，从亲戚处拿来几根蜡烛，也很快用完了。但是，这个“蜡烛原理”却启发了我。过去中药丸有一层蜡壳，我根据这个“蜡烛原理”，用丢弃的蜡壳包住一条蘸了煤油的棉纱，竟然可以照明。这个“发明”让我很是高兴。因为在月与月之间煤油供应青黄不接之际可以抵挡一阵子。尽管蜡壳照明时烟很大，但总是能让我读点书。更何况那时并没有烟雾如何伤害身体之类的说法。我从小胆小怕事，从不敢向别人要东西。但是在蜡壳问题上，向亲戚、邻居要，好像从来没有胆怯过。

在课外学习上，还有一件事值得一提，那就是修补字典。我家有一本破旧的《潮汕字典》，由于大家都在用《新华字典》，所以谁也没把它当回事。有一次，张庠生老师教我们查《潮汕字典》，我回家后就把它找出来了。见它残缺不全，我就用一个暑假的时间，依照其规范，缺字补字，缺页补页，全部用毛笔书写，还算工整。完了又用当时的笔记本封皮（红布包硬纸皮）封上，并工工整整地写上“潮汕字典”四个字。此事很受邻里伯伯叔叔们的夸奖。后来一直在外奔波，有一次回乡时寻找它，竟未能如愿。若真的丢失，就太可惜了。

有人说，青年人多幻想，老年人多回想，此话有几分道理。因为青年人的优势在于拥有未来，老年人的优势在于拥有过去。但是，不管是青年人还是老年人，回忆过去总是为了更好地走向未来。四十余年前，当我在普宁二中求学的时候，无论如何发挥想象力，也不能幻想到现在竟发生如此翻天覆地的变化。可以说，这种变化还只是刚刚开始。晨曦初露，和煦阳光必将洒遍祖国大地。

（本文应母校普宁第二中学90周年校庆而作，发表在校庆特刊。收入本书时修改了标题。）

第七章　求真感悟

走出校门踏入社会后，我开始出现青春期成长的烦恼。为寻找人生的道路，我如饥似渴读书读报。大约从1972年开始，我常把读报读书的感想，或者现实生活中闪现的想法，写在笔记本上。回头来看，正是这些思想的火花，帮助我解脱烦恼，燃起希望之光。由是选取其中若干则凑成一章。

一九七三年　“一览众山小”是怎样的风景

元月六日

社会给予一个人的报酬，是和他所付出的劳动成正比的。好逸恶劳而梦想偶然发现意外取利，那是万万办不到的。谚语说：功夫不负苦心人。世界上的成就，哪一件不是血和汗换来的？

人的一生是短促的。正因如此，时间就显得特别宝贵。浪费时间就是慢性自杀。在快乐的游荡、幸福的幻觉中，人将渐渐失去生命的活力，消逝智慧的光芒。只有忘我地劳动，永不停息地战斗，才能将短促的生命谱写出壮丽的诗篇。

元月十日

蜂采百花之粉，方酿成甜美之蜜；蚕啃千叶之桑，方吐坚韧之丝。吟诗作文，也要博览百家之著，广集时代之成。实践是写作的基础，群众的创造是写作的源泉，而历代劳动人民所创造的文化遗产，则是大江大河之水。站在前人的优秀成果之上，深得时代之精华，方能在文化发展的长河中迈出新的一步，作出新的贡献。为此，人就必须学习蜜蜂之“勤”，四处奔走，不辞劳苦；学习蚕之“专”，硬啃书本，锲而不舍。

元月十三日

中午读报，偶见无名氏旧诗两句：

“书山有路勤为径，学海无涯苦作舟。”

颇有感触，一时心血来潮，故冒续两句，以警怠懒之心，便成：

书山有路勤为径，
学海无涯苦作舟。
光阴一寸千金量，
少壮捷足莫踌躇。

元月十八日

“会当凌绝顶，一览众山小。”

杜老夫子这两句诗颇耐人寻味。“会当凌绝顶”既有崇高的理想，又有充分的信心；既有坚强的毅力，又有冲天的干劲。经过辛勤的劳动、艰苦的努力，终于站在高峰之上“一览众山小”，会是怎样的风景？——读报偶成。

二月二十五日

时间是宝贵的。

当人们十分繁忙的时候，特别惦记着它，希望时光老人能多给一点。

但是，只有懂得生活的意义，才能真正懂得时间的意义。

当你意识到肩上的重任，并自觉承担起这重担的时候，你就会觉得，征途尚远，责任重大，一分一秒都是那么宝贵！

生命，就是时间，并且是短促的时间。浪费一秒就少一秒，浪费一分就少一分。要使短暂的人生为人类多作贡献，每一秒钟都应该发挥它的最大效能。

三月十七日

“勤能补拙”，说的是一个人的勤奋能够弥补自己的不足。勤者，勤奋也；拙者，不足也。生活在现实世界上的每一个人，都有自己的长处，也有自己的短处。要使自己的短处也变为长处，关键在于一个“勤”字。

现实中由“拙”变“巧”的事例是很多的，只要细心观察，处处皆是。

古人说的“笨鸟先飞早入林”“功夫不负有心人”“驽马十驾，功在不舍”“一勤生百巧”，说的都是这个道理。

“勤”和“苦”是紧紧联系在一起的。所谓勤，就是要吃苦。别人玩乐，我争取学一点；别人休息，我坚持学一下；在艰苦的体力劳动之后，顶一顶，读上两页。持之以恒，积少成多，拙就成为巧了。

四月十八日

青春是人生的黄金时代。它的发展影响和规定了以后几十年的发展。学于虎则成虎，学于猫则成猫，学于鼠则成鼠。

青春的浪费最令人痛惜。

青春的奋斗是最关键的奋斗。

青春的成就最能令人欣慰。

青春充满着生机，充满着活力，充满着胜利的希望。

七月六日

沉着是内心忍耐的外在表现。沉着的人，内心的斗争是激烈的。忍耐的过程，就是一系列矛盾斗争的过程。只是由于其人能从大局出发，深谋远虑，恰当地考虑到事物发展的多个环节，因而表现得不慌不忙，胸有成竹。

“凡事豫则立，不豫则废。”忍耐是必要的，一事当前，先压住内心的激情，待考虑成熟后，再作处理。

七月二十日

对自己的要求应该严格一点。在某一个环节上放开缺口，立即就会引起全线崩溃。常言道：蝼蚁之穴，溃千里之堤。是有道理的。向好方面和向坏方面发展，总有一个从量到质的转化过程。处在量变阶段，“好”不能立见其成效，“坏”也不能立见其危害。可是它们的因素潜伏着、发展着，终有一天会分裂为两极。青年时期正是确立世界观的时候，这一步是多么重要。

人贵有自知之明。应该经常想一想自己的缺点和错误；想一想别人给自己提出的意见；想一想自己改正错误的决心和收获。

九月二十二日

近朱者赤，近墨者黑。环境对人的影响甚大。应自觉近朱而远墨。在现实中，近墨易而近朱难。要让青春永放光彩，就得下决心。

十月五日

百折不挠，就是跌倒了一百次，爬起来仍往前走，这确实不容易的。

一折二折而不挠，是比较容易的。三折四折就会使人犹豫。而五折六折就要把人折回来了。

折而回之，是因为对所走的道路是否正确缺乏自觉性，或明知可走，却为一时的私利所诱。

抛弃个人的短视，广阔的道路就在眼前。

十一月五日

总觉得事情复杂，是因为头脑太简单了。头脑复杂一点，事情就简单了。应该将经历的事情好好想一想。

十二月一日

条件是重要的，一切都以时间、地点为转移。没有一定的条件，矛盾就不会转化。否定条件的作用，凭主观愿望办事，只讲需要，不讲可能；只讲斗争，不讲妥协；只讲长远利益，不讲眼前利益；只讲战略，不讲战术，是形而上学的。其结果，一切需要、战略、长远利益都不可能达到，一切愿望、计划都只能落空。

十二月十八日

千里之行，始于足下。没有足下开始的两三步，就不能达到千里外的目的地。勇敢地迈出第一步，坚决地继续第二步、第三步，坚韧地完成千里之行。一步一个脚印，每一步都是要付出代价的。应该不惜代价，永不回头。

一九七四年　　读书学习是为了识别社会思潮

三月三十日

理想，是客观实践的产物。理想能否实现，受客观条件的限制，应该从实际出发，不能从主观愿望出发。但是，具备了一定的条件，就应当充分发挥主观能动性。主观作用发展到一定的程度，就可以冲破客观条件的束缚，达到新的境界。

四月二十三日

突破，就是达到一定高度和深度后来一个新的飞跃。

“行百里者半九十”，在极度疲劳的情况下去走完最后十里，就是一种突破。

突破，需要付出巨大的代价。

稿件一般化，没有思想深度，就是因为没有新的突破。对社会现实了解不深，对马列主义学习钻研不深，写出的稿件就没有新鲜感，提不出新问题，说不到点子上。总之，一般化的认识水平和思想水平，必然写出一般化的稿件。

随时给自己提出新的高度，不断跨越过去，通过许多量的突破实现质的突变。

四月二十五日

压力是一种阻力，也是一种动力。把阻力变成动力的“机缘”，就是人的主观能动作用。

良马脚下无远道，英雄面前无难关。

任重道远，困难重重。只有时代先锋，才能高瞻远瞩，胸怀宽广，敢于藐视一切险阻，昂首阔步，永不退缩。

四月二十六日

“时穷节乃见”，最困难的时刻，是最能考验人的。

意志，是在恶劣的环境中锻炼出来的。

能力，是在复杂的条件下培养出来的。

理想，是在艰苦奋斗中逐步实现的。

只要战略上拿得准，许多战术上的失败无关大局。

最困难的时刻，正是胜利快要到来的时候。只能坚持，不能松懈；只能前进，不能后退。

应该善于在困难的时刻看到胜利的曙光，看到光明的前景。

五月二日

凡事应该识大体、顾大局，不能只从个人的爱好、感情、愿望出发，想干就干，不想干就不干。干事情有原则性，还有灵活性，而且原则也是要灵活运用的。

任性的人，实质上是眼光短浅、胸怀狭隘，这是一个须大改特改的原则问题。

七月二十三日

两条腿走路——围绕现实斗争读一点有关的书籍；坚持学习一些基本的东西：马列、历史、小说，持之以恒，必有成效。

在学习的过程中，必须经常研究各种社会思潮。当一种错误的潮流出现的时候，能及时发现它、抓住它，并深入进行解剖、抵制，这是学习的根本目的所在。

九月二十一日

“人无远虑，必有近忧”，要虑得远，就必须把近前的事处理好。多做些小事，才有利于争取做大事。

光埋头于小事是不行的，光想做大事是行不通的，必须把它们统一起来。

一九七五年　　直路是弯路的一段，直是相对的

七月一日

与其说路在脚下，不如说路在嘴上。背道而驰，虽有千里马也只能越走越远。多问别人，才不会走错路，尤其在岔道上。

错而知返，目的地仍可达到；错而走之，无可救药。

直路实际上是弯路中的一段，直是相对的，弯是绝对的。走弯路并不可怕，可怕的是你不愿坚持走下去。

一九七六年　在共同的地方找出不同之处

一月二十六日

在共同的地方要善于找出不同之处；
在相反的地方要善于找出共同之处。
多分析。

二月二十日

三山高耸入云端，
六水奔流归碧海。
点点山花凝热血，
滚滚波涛入胸来。
——游普宁三坑水库

五月十八日

一件乐器，不管新与旧、优与劣，在能手奏来总是分外悦耳。

一件优等的乐器，一到门外汉手里，奏起来总是分外刺耳，像杀不死的鸡在叫。

乐师能得到优等乐器，当然是锦上添花；但是用劣等乐器照样可以奏出悠扬中听的乐曲。

工具是重要的，而技艺更重要。

八月三十日

礐石饮茶茶未凉，
十载风云一挥间。
凭栏远眺群峰赤，
重峦叠嶂上青天。

——重游礐石

（注：礐石是汕头金山中学所在地）

一九七七年　　消极的方式常常反映积极的情绪

三月九日

把握时机很重要，疮未破头，就不要去挤它。

三月十一日

能够驯服其他动物的动物——人，不是消极地适应环境，而是积极地改造环境。

三月二十日

在激流中游泳的人，有的是跳下去的，有的是掉下去的，尽管他们都奋力向前。

五月九日

群众往往会以消极的形式反映积极的情绪，关键是领导者如何引导。

一九七八年　戏水南海潮，乘风破浪乐无穷

八月十日

携手同窗上游轮，
烹茶珠江暑正浓。
莫道五羊难再会，
却着新装品尊容。
闪闪珠光映新月，
阵阵清歌送江风。
何日戏水南海潮，
乘风破浪乐无穷。

——中山大学组织暑假留校学生夜游珠江

第八章　众眼观宏道

陈镇宏在业内有些声誉，许多人曾予以评说。有人认为，陈镇宏的评论见证和反映了20世纪八九十年代广东改革开放的风云际会及重要历史节点，其思想轨迹基本同步于中国改革开放的主旋律。他有坚定的理想信念，深厚的理论修养，扎实的写作功底。他的很多评论直至今日仍不过时，常读常新，彰显优秀新闻评论引领社会不断前进的力量。这些评价有过誉之嫌，仅录以备考。

咬定书山

文建明

陈镇宏获得首届 “全国百佳新闻工作者”称号的消息见报后，一时间南方日报理论部电话不断，社内社外的、新闻界和理论界的老友新知，纷纷表示祝贺。当有人问起成功的经验时，陈镇宏用一句话来总结：“用理论观照现实。”

刻苦学习钻研理论，用理论观照现实，探求真善美，正是陈镇宏卓有成效的工作的写照。科学理论是陈镇宏从事评论工作的定海神针，也是他人生道路的定海神针。

（一）智慧的起点

老陈是农家子弟，出身于社会最底层。但他不安于命运的安排，自小就向往乡村外的宽广世界。和千百年来的农家子弟一样，他相信读书能增强本领，知识能改变命运，从小认真刻苦学习，成绩优异。极为罕见的是，在高中阶段他就与理论结缘——阅读毛泽东等领袖及其他人撰写的著作，这就是他智慧的起点。可贵的是，几十年来，他学习钻研理论的兴趣一直不减。同时他还认真研读历史，通读过《史记》《资治通鉴》，从丰厚的传统文化中汲取养分。对现代西方经济学及各种社会思潮，他也广泛涉猎。深厚的理论功底和广博的社会生活阅历，使陈镇宏对问题看得比较深、比较全面，能从错综复杂的社会现象中抓住本质。因此，他的论文和评论都具有主题鲜明、立意新颖、说理充分的特点。读者反映，读陈镇宏的文章，最明显的感受是文章很有气势。这个“气势”，正是源自理论制高点。对理论思维的不懈追求，使陈镇宏的职业生涯精彩纷呈，达到常人难以企及的高度。

1993年7月，中央发出反腐败的指示，陈镇宏组织撰写了6篇评论：《一项重要的政治任务》《大快人心事》《说“难免”》《“积重难返”辩》《怕什么》《从制度上堵塞漏洞》。针对干部群众中的“难免论”“有利论”“积重难返论”等思想认识，论述腐败现象产生的原因、发展市场经济与反腐败的关系、反腐败的长期性和阶段性，把老问题写出新意。如《说“难免”》一文，把当前出现的腐败现象放到发展市场经济的大背景中来考察，说明腐败现象是新旧体制转轨过程中出现的“过渡病”，既是必然产生的，又是可以克服的。有力地批驳了那种以“腐败难免”为借口大搞“繁荣娼盛”的论调，也提高了广大民众对最终取得反腐败胜利的信心。

1994年底，根据广东省实现从农业文明到工业文明的历史飞跃的现实，陈镇宏执笔撰写了《来一次城市“包围”农村》的评论员文章，提出在新时期要实行战略重点的转移，充分发挥城市的政治、经济、文化的辐射功能，带动农村实现工业化、城市化。文章发表后，许多读者来信认为该文很有指导意义。《人民日报》《文摘报》《海南日报》《辽宁日报》先后摘登了该文的观点。

能把自己的爱好和工作结合起来的人是幸福的，也是幸运的。老陈就是这样的人。他在报社从事评论工作，如鱼得水。

他勤于观察，长于思辨，想人之所未想，言人之所未言，写出很多脍炙人口的评论文章。这些评论具有浓厚的理论色彩，运用了经济学、社会学、发展学等多方面的知识，是运用多学科知识研究现实问题的范例。

（二）独步崎岖路

上世纪九十年代，国际政治、经济格局发生了巨大的变化，特别是东欧剧变、苏联解体之后，一些人对社会主义前途产生了怀疑。而陈镇宏对建设有中国特色社会主义充满信心。他坚定的信念是建立在对社会主义的科学认识基础上的，这种基础又源于刻苦学习有中国特色社会主义理论和全面理解党的基本路线。在中央党校学习的一年，他就带着现实提出的重大问题，深入研究当代社会主义和当代资本主义的历史发展，写下了大量读书笔记。

在东欧剧变、苏联解体后，国内曾出现许多“舆论偏见”。陈镇宏撰写了《走自己的路》一文，对中国向何处去的问题提出看法，认为要坚定不移地走邓小平开辟的有中国特色的社会主义道路，这是引导全国人民走向幸福的唯一正确道路。文章认为给人民带来利益、受到人民拥护的道路是不可逆转的，较深刻地揭示了我国社会发展的趋势，有一定的预见性。该文发表后受到广泛好评。当时有些搞社科研究的教授认为该文不仅有创见，而且有理论勇气。

正是由于有坚强的信念，多年来，无论是撰写评论，还是主办理论版，他都能够顶住来自“左”和右的错误思潮的干扰，坚持正确的舆论导向。

老陈在评论上独树一帜，原因在于他的人生一直走着一条独特的路。无论何时何地，他奋力攀登书山的勇气和信心从不动摇。他在中学时期接触到哲学，一见钟情，相爱终身。在一般人喜欢阅读小说和诗歌的时期，他开始读《矛盾论》《实践论》，并运用哲学原理分析思考问题，写出《坏事变好事》的体会文章。在那停课闹革命、无书可读的时代，老陈在学校存放旧桌椅的仓库清出一块地方，阅读了大量毛主席著作，还有当时能找到的哲学、政治经济学通俗读本。在部队期间，他利用业余时间读了大量马列原著，如《共产党宣言》《哥达纲领批判》《法兰西内战》《唯物主义和经验批判主义》《国家与革命》等。从部队复员之后，作为大龄青年本该结婚生子，他却在农村艰苦的环境下，在村民们不解的眼光中，仍然坚持读“无用”之书，如《西方哲学史》《汉唐佛教思想论集》等。他一直坚持向报刊投稿，署名“程头岳”，即“从头越”，有一股绝不认输的劲头。

20世纪90年代初，深圳、上海先后开通股票市场。在人们热衷于议论股市“姓社姓资”时，老陈却认真阅读研究有关股票的书籍，并在报纸上开辟“股票知识ABC”专栏，向社会宣传、普及股票基础知识。他本人也勇敢地投身股海，边学习，边实践。据说在漫漫熊市中他经历深度套牢，在短暂的牛市中他又神操作赚了钱。当朋友问他赚了多少钱时，他幽然一笑：“也就是赚点小钱，贴补家用。”老陈神一般的操作，打破了人们对搞理论的人的刻板印象，说明理论的行家里手，从来不缺生活智慧，从来不缺创造能力。

（三）千磨更坚劲

报社的同事请陈镇宏就接连获得省和全国新闻奖谈体会，

他说："搞理论评论工作，要关注改革开放的实际历史进程，敏锐地抓住现实生活中新的动向，用马克思主义理论进行分析，把握事物的本质。这样写出来的评论，才会有针对性、指导性，同时也就有了可读性。"陈镇宏是这样说的，也是这样做的。深入调查研究，发现新情况，探讨新问题，正确引导舆论，是陈镇宏理论评论的最大特色。

1992年初，邓小平同志南方谈话后，广东面临新一轮改革开放热潮。陈镇宏执笔写了《抓住时机，迈开大步》的评论员文章，被《人民日报》全文转载；党的十四大要求广东用20年基本实现现代化，他又执笔写了《光荣的使命》的社论，对广东如何完成党中央赋予的使命提出看法。

陈镇宏常说："评论是报纸的旗帜，要用对党、对人民高度负责的精神来写。"他每次写评论，都十分投入，总是寻找最佳的表达方式。当他在办公室苦苦思索的时候，简直就是一尊中国版沉思者的雕塑。他的口头禅是："苦点累点死不了人，自己的劳动得到社会的承认，就会得到精神上的满足。"这是一种境界，一种对社会高度负责的人生境界。

老陈是我的老领导。在30多年的交往中，我们从相识到相知，结下深厚的友谊。我1988年研究生毕业后进入南方日报社理论部，老陈当时已经是理论部的骨干。部领导安排他带我熟悉采编业务，于是老陈手把手地教我改稿、做标题、画版、写新闻稿，后来又教我写评论。我至今还清楚地记得，每当老陈觉得我画的版不理想时，就会掏出一个小笔记本，根据上面记录的各种排版方式提出修改意见。我对新闻工作的基本认识以及从事新闻工作基本技能的获得，都离不开老陈的帮助。他是我真正的良师和益友。正是因为有这样一段特殊经历和特殊关系，我对老陈有着深入的了解，特别是他人生的曲折经历：当过兵、种过田、上过大学，无论何时何地，都抓紧点滴时间读书，几十年坚持学习理论，无怨无悔。其为人为文，立德立言，远超我辈。他的性格，他的为人，他的成就，可能有先天禀赋的成分，而更重要的是几十年来始终如一，千磨万击锤炼出来的。记得清人郑板桥写过一首题画竹的诗：“咬定青山不放松，立根原在破岩中。千磨万击还坚劲，任尔东西南北风。”在我眼中，老陈就是一株板桥竹。

（本文作者系南方日报社理论部原副主任。）

碧茶丹心

廖恩媚

茶扎根于高山之上，取天地之精华，吸万物之灵气；茶虽然露天席地而长，却又一尘不染；它是如此的高贵，却又愿在清水里释放出自己的所有，即使粉身碎骨也在所不辞。

茶的高风亮节，丹心一片，是否为世人所知？恐怕未必。然而潮汕人钟情于茶却是人所共知，或许是他们能与茶心相通吧。

轻烟袅袅，茶香四溢。坐在面前的陈镇宏先生洗茶、斟茶，一切是那么的坦然自若，一切是那么的安详和蔼。

端起碧茶一杯，在沁人心田的清香中，陈先生细细地向我们讲述他的人生。

茶与书，是他生命中两样不可缺少的东西。天性极爱看书的陈镇宏，一直成绩骄人，当他在汕头金山中学念高中时，却碰上了“文化大革命”。然而他却没有因这段特殊的时期而荒废了学业，反而从某种意义上来说，是那个特殊年代启发了他。在那段时期，他们二三人经常躲在学校的仓库里阅读，读哲学、经济学及其他理论书籍，也喜欢跟几个志同道合的同学谈论时事、谈论哲理。

之后，他如所有热血青年一样踏上了从戎之路。但爱好读书的他即便在军营里也仍未放弃过读书，仍然如饥似渴地阅读着书籍。在阅读之余，他开始了自己的思索，也执起笔记下自己思想的灵光。他开始尝试着寄稿件给《南方日报》等报刊，只念了一年高中的他，却有诸多的文章变成了铅字。

不断地吸取书本和生活的营养，坚持独立的思考使他的哲学理论基础越来越扎实，他的时事评论也越来越成熟。在个人爱好得到满足的同时，陈镇宏也像他最喜欢的老子《道德经》所说的那样，顺其自然地走上了评论员的道路。

长期的理论锻炼，成熟独到的一套思维方法使他能清晰地看待各种社会现象，不被表象所迷惑，能理性地找到社会问题的出路。例如，20世纪80年代末，社会笼罩着迷惘的情绪，他写了一组评论“怎样看当时消极的社会现象”。他紧紧地抓住了两个根据：一、这不是改革带来的；二、这种现象与历史发展一定阶段相联系。他的观点被历史证明是正确的。

作为一名党报评论员会不会有压力呢？陈镇宏承认压力肯定有，但要勇于承担责任。他认为一名评论员应该清楚自己的责任，清楚怎样说才能对国家、对社会、对人民负责。正因为陈镇宏看问题能深入本质，他的评论往往既有理性与深度，又能一针见血。

陈镇宏就这样在人生道路上前行着，哲学赋予他的恬静与闲适，使他能坦然地面对一切的坎坷。他不刻意寻求，默默工作，却连连获得殊荣——“广东省优秀中青年新闻工作者”、首届“全国百佳新闻工作者”等称号。

从容，理性，是他身上散发出来的个人魅力；尽忠，爱国，是他言语间流露出的一种信念。

哲学人生，如茶般入口苦涩，过后却馥郁留香，耐人寻味。

（本文为2006年由廖恩媚带队采访中山大学老校友时所作。）

水流境自静

陈　颀

陈镇宏师兄在业内颇负盛名，但见到陈师兄时却发现，他就是个平常邻家大伯，带着你上楼时会顺便打开楼道里报纸箱掏出几份报纸，进屋后亲手泡茶、递茶，茶香扑鼻，沁人心脾。屋子很干净，透过窗外层层叠叠的树枝叶可见座座高楼，窗内却是一个宁静的世界。

岁月流转，这位温文尔雅的师兄身上看不出太多的时光刀痕。殊不知，在此之前他走过从戎之路，在农村种过田，经历了“文化大革命”后第一次高考，一直走向广东评论界的高峰。

（一）总觉得人生不能荒芜

倘若没有恢复高考，也许陈师兄还在老家田地里劳作。可以说，高考改变了他的人生轨迹。而中山大学，则是他实现梦想的地方。

问起那些年在中大的生活，陈师兄微微抬起头，陷入回忆。

“学校里没什么高楼，就中区那几栋红墙绿瓦。我们以前住在东四，现在大概是拆了吧。”师兄说，现在校园和以前比最大的区别就是两个多，车多，高楼多。他喜欢散步，大学时总是和几个同学晚饭后坚持在校园走，不论刮风下雨，从未间断。“我们自称步协，散步协会。我们在东四往珠江边走，一边散步一边聊天。回来洗个澡就开始看书。”动乱了十年，知识的甘霖终于洒下，我们不难想象“老三届”考上来的大学生是怎样珍惜这来之不易的机会。每天晚上宿舍里大家都安安静静地学习，谁也不吵闹。“很认真”“非常认真”，师兄已经想不出什么词语能够更好地概括，对知识如饥似渴的心情是那样令人感动。

相比之下，当今的大学生参加社团活动则显得比看书更有热情，他们往往更重视社会经验。对于这一点，陈师兄说：“社团活动不可少，社会实践不可少，但学生时代包括大学，最重要的还是要有牢固的知识基础。”师兄回忆起当年在汕头金山中学读书的日子。他经常躲在仓库里看书。那时他摘录的有关哲学、政治经济学等几万字笔记，至今还保存着。大学的时候，他也参加勤工俭学、社会调查，但绝大部分时间还是用来看书、讨论。

“总觉得人生不能荒芜，这个意识非常强烈。把宝贵的时间用去闹啊什么的非常可惜，现在回想起来，读了那些书真的很有用。”少年时代开始的理论知识积淀，为他日后从事理论工作奠定了坚实的基础。

（二）几分耕耘几分收获

陈师兄曾有一幅“自画像”：“本人当过兵，种过田，上过大学，酸甜苦辣，随遇而安。好读书，不求闻达，但求完善自我。办事认真，虽难尽美，但已尽力。不善交际，唯以诚待人。我相信一个朴实的道理：‘种瓜得瓜，种豆得豆。’”他解释说，“‘种瓜得瓜，种豆得豆’有两个含义：一是质的规定，种什么因，便收什么果；二是量的规定，有几分耕耘就有几分收获。”

陈师兄青少年时代喜欢理论之因，后来结出了评论作品之果。1968年陈师兄从金中毕业，回乡便应征入伍。在部队里，他开始写作、投稿。那时全省只有一张报纸，便是《南方日报》，其他报纸均已停刊。令人称奇的是，只读过一年高中的陈镇宏师兄，竟然陆续有评论见报。上大学后，知识的滋养、名师的指点、充足的时间催生了一篇篇佳作，智慧的结晶化作方正的铅字付梓。随着《引文盒之弊》《脸脏不要怪镜子》等文章在报上发表，陈师兄的出色备受瞩目。在寻访前，我们拜读了师兄当年在中大的毕业论文《相对主义人生观在青年中的影响》，从而领略了师兄笔下的功力。毕业后他修改了论文，投给《江海学刊》发表后，被《新华文摘》转载。

大学毕业以后，他如愿以偿被分配到南方日报理论部，从编辑到副主任再到主任，他脚踏实地、兢兢业业地在岗位上辛勤笔耕。好几次为了写评论，陈师兄放弃了节假日休息时间。长期努力耕耘，使陈师兄的评论独树一帜，硕果累累。他的评论作品曾获全国新闻奖二等奖，多次获得广东新闻奖一等奖。

（三）花开花落自有时

在和师兄聊天的过程中，他总喜欢说：“这是一个时代的问题……”在他看来，时代正从农业文明向工业文明乃至后工业文明发展，人们的生活方式、思想观念正发生翻天覆地的变化。纷繁复杂的社会现象令人眼花缭乱，但他坚信，历史出现的问题，将由历史的进步去解决。

“老三届”是一个文化符号，也是一个时代的符号，恢复高考意味着社会确立知识立国科技立国的大走向。“中学毕业后被安排在工厂工作的人，日子过得还可以，就放弃了高考。而农村的青年看到出头的一点光明，甚至有些有了妻小的人都去考试。”师兄是“文化大革命”后第一批大学生中的一员，当时被称为“天之骄子”，哲学正对上了喜欢理论的他的胃口。他说：“哲学是人类最高的生存智慧，可以洞察社会，使人活得比较明白。”在社会大转折时期，真与假、明与暗、福与祸、正与邪混杂在一起，稍有不慎，便可能跌入深渊。中国传统文化提倡“厚德载物”，此语颇有深意：有多厚的“德”，才能承载多大的“物”。君不见有多少官员因残德而倒台，有多少富商因残德而入狱，有多少平民因残德而误入歧途。陈师兄特别为一些朋友因不能守住底线黯然出局而连连叹息。

要有社会责任感，吃得起亏，不要被鸡毛蒜皮蒙住了眼睛而跟着潮流走。这是陈师兄沉甸甸的寄语。

毕业30年，师兄对母校的一切依然难以忘怀；工作30年，师兄用热情和才华证明自己的价值。陈师兄这样概括他的经历：“前半程坎坷，后半程顺风。”后半程的顺风客观上是时代使然，主观上则归功于坚持，坚持学习真知，坚持自己所爱，坚持正确的人生方向。陈师兄说：“不管风云变幻，花开花落，都不为所动。”正所谓“水流境自静”。他行走社会几十载，从军营到田野，从课室到编辑室，时光流转，沧海桑田，不变的是他的信念、梦想和原则。

（本文为2012年由陈颀带队采访中山大学老校友时所作。）

独立思考者的心迹

陈安先

与陈镇宏通电话，得知他正在报选题出书时，我非常惊讶。以他的成就，依当下各式“家”们的作派，印10种8种书是极正常的，可他却在退休10多年后，才想起自己出书。

我和陈镇宏是初中同学，当兵时是战友加文友。也许是文人相亲，几十年来，我与他相知相敬之心，不因时间推移而淡化。

不管何时何地，出现在你面前的陈镇宏总是实实在在，真诚亲和，总是彬彬君子状。文如其人，他的文章不拿架势，和读者没有距离感，平易近人但又不同凡响。如《学如逆水行舟》《脸脏不要怪镜子》《“三大件”的变迁》《股市不是印钞机》等，一开篇就如拉家常。《“寒童”的呼唤》在呼吁重视教育的同时，也非常有分寸地批评了当年大建楼堂馆所之风。《少年朋友，站起来》对羊城部分少年狂热追歌星的行为进行劝导，字里行间体现了朋友般的平等，乃至流露出父辈的慈祥、关爱与期盼。书中每一篇每一句都没扣帽子，没打棍子，没有“愤青”般的不满，这很容易让人接受。

陈镇宏为人谦和，但不会随声附和、人云亦云。他是一个思考者，一个独立思考者，一个是非分明的敢言者。党报的编辑和记者一样，必须具有很强的敏锐性和前瞻性，站在时代的高处，看到问题的深处，这样才能发现新生事物的苗头，看清时局发展的势头，才能发先声于人。一个评论家还必须有自己的独立见解，而且敢于表达自己的意见，如果善于用合适的文字，把人们说得心服口服，那就更加优秀。在十年动乱结束后，许多人对理想、对真理产生了怀疑。陈镇宏写了《相对主义人生观剖析》一文，列举了相对主义人生观的种种表现，对从我国深远的历史传统，到现代形形式式的哲学进行了深入的剖析，指出要自觉地清除相对主义人生观，树立科学人生观，毕生为探索真理、为建设强大的祖国而奋斗。家国情怀，溢于言表。

陈镇宏现为“帅老”，年轻时是“帅哥”。我曾想，他把胡子蓄起来绝对好看，但他的审美取向决定了他不会蓄一副艺术家胡子或发型之类。他注重仪表，崇尚的是流畅美、简约美。他的评论也是这样，多为千字文，精美简洁。通读全书，所有文字，最深深触动我的是扉页题记三行字：“此生有悔，此心无移，来世不必成他人”，此话坦露了一个独立思考者的心迹。

陈镇宏常说，人的一生坚持做一件事，认真把它做好，就很了不起。而他自己，一生所做的一件事就是：读理论书籍，把理论化为自身的思维方式和行动指南。他善于运用理论分析社会新出现的问题，并提出自己的见解，发出独特的声音。

20世纪80年代初期，青年人追求的“三大件”不断升级，被斥之为追求不良生活方式。陈镇宏则认为，“三大件”的升级是我国生产结构和消费结构变化的缩影，说明我国人民生活从温饱型逐步向小康型过渡。

改革开放后，随着物质生活的提高，人们逐步追求仪表美、服饰美，社会出现各种健美比赛、服饰表演，有人对此看不惯，斥之为“伤风败俗”。陈镇宏认为，爱美是人的天性，社会上出现的健美热，正是按照美的规律来塑造自身。

我国社会主义市场经济发展过程中，出现了一些消极现象。有人认为，市场经济只有追求金钱的动力，要从外面给它注入奉献精神。陈镇宏认为，市场经济自身具有讲奉献的内在要求。思想教育要把奉献精神由外在约束转化为主体的内在要求，从而为完善市场经济秩序构筑深厚的社会心理基础。

“此心无移，来世不必成他人。”陈镇宏勇于做回自己，就是因为心中有定力。他矢志不渝地追求真善美，“激流险滩何所惧，乘风破浪自有时”。这是他的志向，是他的信念。曾经有人这样描写陈镇宏：“不苟言笑，坐下来就是一尊中国版沉思者的雕塑。”这个形象，深深印在我的脑海。

（本文作者系中国作家协会会员。）

文字的力量

陈喆斯

文字优不优美、通不通顺，是人们通常的感受。这一次，帮父亲整理书稿，才蓦然感受到文字的力量。

润物细无声

父亲的文字，我从小就看惯了，觉得很平实，应该不难写。

母亲的工作单位离家远且忙碌，我们家在父亲单位大院里，照顾我的责任自然就落在父亲身上。在别人眼里，也许我父亲是一个专注攀爬评论高峰的人，但在我眼里，他是一个给我买菜做饭的人，是一个骑单车载我去看病的人，是一个出差回来会给我带小礼物的人。

记得小学的时候，父亲给我看他写的《“寒童”的呼唤》等文章，我当时并没看出有什么特别之处。若干年后的今天，慢慢品味父亲的文章，顿觉不同。人们常说，“事非经过不知难”。现在看来，父亲的文章没有华丽的辞藻，看起来浅显易懂，实际上寓深刻于浅显论述之中。文章无论是看待事物的切入点还是探讨事件的内涵都入木三分。他常常用最简洁的语言，表达自己的观点，透过现象抓住事物的本质。他的评论剖析社会存在的问题，提出解决思路，没有说教式的言辞，只有循循善诱，给人启迪，引人思考。

父亲看问题向来积极正面，从他的文章中可见一斑。也许从小耳濡目染，我一般看待事物都会从正面的角度，抱积极的心态，以至于好友们常说我这个人平和、淡定，遇事总能看到阳光的一面。回想起小学五六年级的时候，正处于港星追星热的时期，同学们都拿着“四大天王”的海报，争相购买歌星磁带，以买到正版、限量版为荣。虽然从小我听得更多的是革命歌曲、中外民歌和交响乐，内心深处觉得那些流行歌曲并不好听，但同学好友们的氛围感染了我，对明星也开始产生崇拜、追逐的心理。父亲也许是发现了我的思想变化。有一天，他拿出一份剪报说：“这篇文章你看一下。”这个模式我很习惯了，从小学我认字开始，他就经常会拿一些文章给我看，有时候会说明用意，有时候不会。

父亲给我的剪报是《少年朋友，站起来》。看完我的第一感受是恍然大悟。文中说“还有的跟风追，也说不出为什么，别人追，我也追”点醒了我，这种盲目的崇拜感不就是我当时的感受么？发现了问题，我陷得不深，没到“跪”的程度，所以能及时地从幻觉中抽离出来。我一直记得文中的一句话：“他们把‘星’光在自身的折射，当成自身在发光。这不过是一种幻觉。”所以，成长过程中我从不追星，因为我知道，只有自己身上的光，才能照亮自己的路。

文字的确有启迪心智的力量。如今细看，父亲的文章词简意丰，正是因为有了丰富的人生阅历、大量的书籍阅读和独立思考，才能在写文章时把道理说到人们的心坎上。有读者说，父亲的评论如“好雨知时节”“润物细无声”。

常读常知新

在整理书稿的过程中，父亲问我，你看着这些文章会不会觉得过时？我说，不会啊，有种常读常新的感觉。父亲的文章大多是20世纪八九十年代发表的，但现在读来还是十分亲切。

记得有这样一件事。2015年7月初，上证A股历经一个月暴跌，从5000多点跌至3000多点，市场一片哀嚎。大家在微信群里抱团取暖，相互调侃“天台满员”。我周末休闲翻看自己的剪报，看到了原来无意中剪下父亲发表于1993年的《股市不是印钞机》一文，觉得正合时宜，于是发到了微信朋友圈，引发了朋友们热议：这么厉害的文章怎么不早点发；的确不是印钞机，是割肉机；这篇文章道理都懂，可“臣妾做不到啊”！文章结尾特别精彩：“高明的投资者不靠运气，而是靠智慧。他不一定是获利最多者，却一定是最善于规避风险者。”现在看来，无论何时，资本市场里这句话都适用。

此外还有许多，如《文质彬彬然后君子》一文把从当年的健美热上升为“按照美的规律塑造自身”，反观当前“网红整容脸”“白幼瘦”等病态审美，这正是物质生活富足以后，精神生活缺失的体现；再如1993年发表《再造广东新优势》，没想到30年后的2023年广东又提出“再造一个新广东”。仔细读来，1993年文中提到的再造广东机制优势、体制优势等意见，现在仍然值得重视。

文章常读常新，是理论思维的深刻性和前瞻性使然。中国人民大学胡文龙教授在评论父亲的文章《“寒童”的呼唤》时说：文章的深刻性来自辩证的思维方式，由于思维方式的科学性，使作者的见解富有远见卓识，也使言论增强了分析说理的深刻性和理论色彩。理论思维提供了观察问题、认识问题的方法，如开锁之钥匙，令人茅塞顿开。正因为有理论高度，文字才有力量。

文思苦中来

前段时间，父亲说想出书，把自己这辈子写的东西整理一下，给生命留点痕迹。我随口说当然好啊，不出可惜了。当时的我，也只是想让退休在家的父亲有点事情做，可不可惜的我也不太清楚。

老爷子年逾70，兴许是因为搞评论出身，思维依然敏捷。闭关不多久，便拿了一份厚厚的手稿让我打印。作为本书的第一读者，我兴致勃勃地开始“码字”。父亲的文字犹如电影屏幕一般把我拉回了他年轻的时代：他的出生，他坎坷的求学经历，他多舛却坚韧奋斗的前半生，最终造就了他掷地有声的评论气势。

童年时期，父亲给我的印象就是抽烟、喝茶、看书、伏案。从小父亲就对我十分怜爱，有求必应，我心里有事也会首先想找父亲聊聊。可一旦他在不苟言笑、吞云吐雾，我知道他肯定又在工作了，一般就不去打扰。以前同学来我家玩，父亲打完招呼就会进书房看书写作。有一次，我同学悄悄地对我说：“你爸爸好严肃呀。”我很纳闷，会吗？后来跟父亲提起这事，父亲呵呵一笑：“我觉得我很慈祥啊。”生活中，父亲的确是个随性的人。饮食，吃饱就行；衣着，得体就行。去菜市场买菜，教我做饭时，他告诉我，学会做饭才懂得生活的乐趣。去路边地摊买衣服，我表示这不太体面时，他告诉我，“腹有诗书气自华”。

但对文字，父亲是绝对的完美主义者。

记得小时候，每年全家人都会回老家过年。不过四五岁时有一年，母亲带着我坐长途大巴回去，以前的路不好，坐车回老家得颠一天。那会儿我年纪小，母亲一个人带着我非常不容易。我疑惑地问："爸爸去哪儿了？"母亲说："爸爸今年要工作呀，回不去。"现在我才知道，1989年初，父亲是在撰写关于形势问题的系列评论。虽说父亲文思敏捷，但是他写每一篇文章都是呕心沥血。对于文字，他严格得近乎苛刻，只要他在写作，就进入闭关的状态，每个字、每个标点符号都会在脑子里反复斟酌，直到满意为止，所以他能出品一篇又一篇的佳作。

意外的是，后来父亲却对我说，别做完美主义者，太累。可怜天下父母心。

很遗憾，我没有继承父亲的衣钵。但我多少也受到父亲的影响——爱书。

以前，家里一整面墙的书柜，整齐排列着许多书，《资治通鉴》《鲁迅全集》《西方哲学史》《中国哲学史》等。这些书是父亲的命，也是我的童年。所以我一直爱读书，对我来说，读书不是兴趣，是习惯。父亲一再对我说，一定不要觉得读书苦，读书、奋斗、人生都是一个过程。就像买菜做饭，从选菜、布菜、炒菜到做出美味的佳肴，既要享受做成佳肴的结果，也要学会享受做佳肴的过程。如何能做出美味佳肴，这就需要长期的实践和不断地学习，要有"台下十年功"的扎实基本功，才会有"台上一分钟"的高光时刻。这个道理适用于做任何事情。

之前，我说不清楚父亲不出书可不可惜。看完书稿我清楚了，书不出肯定是可惜的。因为文字不应该只用于记录，还应该可以批判，可以鼓舞，可以振奋人心。在这个精神需求特别珍贵的时代，作为“80后”的我，在参与整理本书的过程中感受到理论的穿透力，感受到提振精神的力量。

也许，这就是文字的力量。

（本文作者单位：中国新闻社广东分社。）

领略评论的魅力

马　岩

新冠疫情期间，与老陈见面，谈及新闻作品的“易碎”属性，议论新闻评论的写作。在场的几位下属说，老陈以新闻评论员荣获首届“全国百佳新闻工作者”称号，为何不把经验与感受传授给后人？我当场自告奋勇，愿做老陈文集的校对。

老陈动心了，于是就有了今天的文集。

老陈即陈镇宏，是我的老领导。承蒙厚爱与信任，初稿完成后交我先睹为快。说是校对，其实是一次再学习。合上书稿，心灵深受触动，第一次如此真切地领略评论的魅力。正如《中国记者》杂志编辑所言，“能从较高的方位透视社会问题，分析透彻、富有哲理，又形象生动、丝丝入扣，读了令人折服”。

“老派文人”的文字功力

老陈的文章有其独特的风格，文字很平实，细看却意味深长。评论的魅力，正是源于文字的功力与思想的深刻。

拜读老陈文集，在遣词造句中，总能感受到深厚的文字功底。老陈是“老三届”，也就是20世纪60年代的高中生，却有着“老派文人”的功力。有时，一个短句，寥寥四五字，加一个句号，点到为止，其后紧接几个长句，长短句搭配的抑扬顿挫，标点符号的精准运用，形成了文章语句高低起伏、长短有序的韵律和节律。

文字是打着个人性格烙印的。或许，学哲学的人，运用文字也有独特的哲学思维。终身读书的积淀，几十年文字工作的底蕴，报社写作对文字精益求精的训练，让驾驭文字的能力与哲学思维的融合更加炉火纯青。

当年，老陈有一篇谈教育的文章《“寒童”的呼唤》，通篇没有用哲学语言，而中国人民大学胡文龙教授却从他的作品中读出了辩证法，读出了他的专业背景。胡教授曾出版关于评论写作的专著《小言论写作方法系列读》（《新华出版社》1997年第二版），其中第八讲是“精品赏析”。作者从近百年来的新闻评论中选取9篇精品进行赏析，《“寒童”的呼唤》就是其中一篇。老陈笔下的文章成为名家眼中的精品，令人叹服。

《学如逆水行舟》一文，老陈自称“打开了写作之门”。令人惊奇的是，发表于1972年的文章，今天读来仍然是那样顺理成章。究其原因，就在于青年陈镇宏坚持学习理论，已经开始运用哲学观点分析问题。50年后回看，仍然不过时。细读文集“心路历程”，“逆水行舟，奋勇向前；持之以恒，永不松劲”，一笔一画不仅仅写在纸上，也刻在老陈的人生之路上。

透视事件的独特眼光

社会热点事件的发生，是各路新闻媒体的高手们同台比拼的时刻。记者比的是快且准，评论员除了比出手快，更要观点新颖独特，有理论高度。老陈认为“从思想方法上说，就是要在科学理论的指导下，把握时代的脉搏——时代的主体精神、社会发展的总趋势。这是我们观察问题和分析问题的基本出发点，也是我们能够‘站得高、看得远’的制高点”。

1988年6月9日，广东发生长途客车流氓案。《南方日报》连续报道刊出之后，评论压轴登场。老陈撰写的评论《长途客车流氓案之反思》（《南方日报》1988 年 8 月 13 日）没有就事论事，而是从我国由计划经济逐步向社会主义市场经济转型的“社会大变革”背景下，引申出建立社会主义市场经济新秩序的内在客观要求，落脚在继续为发展市场经济鼓与呼。文章思路清晰，角度独特，从社会、法治、道德等方面层层递进，提出“维护人的尊严、法律的尊严和社会主义道德的纯洁性”，体现了党报高度，该系列报道圆满收官。

1991年，老陈为《羊城晚报》“知我中华，振兴祖国”征文撰写的《故园遗恨话国魂》，从“侵略者妄图通过摧毁中国人心目中最为庄严神圣之物，以摧毁中国人的民族自信心和自尊心”谈起，提出“圆明园被毁，人们常痛惜物质文明的毁灭，却对民族精神的创伤注意得不多”。这是上升到精神层面的反思，是对中华民族根与魂的追问。

思想高度来自理论修养的支撑，老陈归结为“理论能使人看得远一点，想得深一点”。文集中的论文，是老陈理论研究的总结，也是新闻评论写作的思想基石。文章论述的观点，以哲学为出发点，逐步深入到经济、文化、文学、人的发展，涉及面广泛，可谓抓住哲学这一根本的世界观与方法论，引申蔓延，触类旁通。正是有了这些思想的积淀，老陈的评论文章立论角度独特，论据扎实可靠，论述纵横捭阖。

坚定勇毅的时代守望

今天的新闻是明天的历史。作为新闻媒体的评论员，特别是党报的评论员，越是风急浪高的时候，越是考验功力与定力的时刻。老陈是抱着谦恭的态度从事评论员工作的。他总结“评论写得好不好，说得是否在理，最终要由人民来评判，由历史来检验。因此，我们要抱着对人民、对历史负责的态度，谨慎地交出每一份‘答卷’”。胸中有谨慎、有负责，由此而生出发自内心的使命感，产生的“答卷”才可能成为领航的一盏明灯。

翻看老陈文集，1987年—1992年的文章尤为引人关注。

1987年7月5日，《南方日报》刊发评论员文章《坚持用生产力的标准检验改革》。文章针对性地指出，由于不重视发展社会生产力这个标准，“左”的东西就可以不受限制，而且愈演愈烈。“如果不重视生产力的发展，不能给人民带来利益，再中听的高调也必然是无济于事”。

1989年初，我国改革面临着严峻的考验。领全国改革开放之先的广东，如何看待改革？从2月12日开始，直至3月19日，长达一个月的时间内，《南方日报》以“本报评论员”名义连发5篇系列评论，解开人们心中的“结”。

5篇文章，金句频出，如对改革的着眼点从个人得失转向社会进步，从朴素的感情上升为理性的认识；不仅要看到改革的艰巨性、复杂性、长期性，还要看到改革的必然性和搞好改革的有利条件；当前社会存在的消极现象，可以称之为从自然经济向商品经济过渡阶段的综合征；在风险和困难面前，只有凝聚一切智慧和力量，才能把改革之舟不断推向前进。随着国内国际形势的变化，中国改革开放的发展进程又起波折，再一次印证了“改革的道路不可能直而又直”。

老陈感叹，我们这个时代是社会大变革的时代，14亿人告别旧的生活方式与生产方式，并不是一件轻松的事情。由此，我们也可以认为，变革时代的评论员是幸运的，更是充满挑战的。如何始终遵从正确的价值判断，坚持不受外界错误思潮迷惑，坚定引领社会不断前行，也在时时拷问着新闻媒体评论员的真实内心。

纵观全局的社会担当

1995年，老陈获得首届“全国百佳新闻工作者”称号，作为获奖的十位新闻评论员之一，老陈在写给《中国记者》杂志“如何写评论”的约稿文章时，真情袒露心声：“评论员必须投身到社会变革的激流中，才能感受时代的气息，把握时代的脉搏，汲取时代的精华，表达时代的意向。”

党的十四大要求广东用20年基本实现现代化，《南方日报》1994年12月29 日刊登评论员文章《来一次城市“包围”农村》，提出实行战略重点的转移，发挥城市的政治、经济、文化的辐射功能，带动农村实现工业化、城市化。文章在确立“立足城市、推进城乡一体化”的思路基础上，充分阐述了生产、生活两条明确的路径：通过抓农村工业化促进农业现代化；用现代城市文明教育民众，培养新的生活方式、行为方式和价值观念。

20世纪90年代初，国家全方位开放，广东还有优势吗？1993年5月8日《南方日报》刊发评论员文章《再造广东新优势》指出，广东从先走一步探索改革开放之路，到先走一步探索实现现代化之路，这是广东最大的优势。文章明确提出在20世纪80年代把政策优势、地缘优势、人缘优势化为现实的经济优势基础上，继续用足、用活政策，勇于率先在建立市场经济新体制方面走出一条路子来，再造广东的机制优势、体制优势。随后的发展历程表明，在改革开放中先行一步的广东，改革重心已由冲破计划经济旧体制，进入到全面建立社会主义市场经济新体制，市场化改革继续走在全国前列。当新世纪中国“入世”的时刻，体制优势、产业优势、区位优势、观念优势等方面做足了准备的广东，市场化程度全国之冠的广东，开启了新一轮大发展的时代。

拜读老陈文集，打开了在报社工作时的陈年记忆，随手记录，夹杂自己的点滴心得和久违的收获感。谨以这篇短文，表达对老陈文集出版的祝贺。

（本文作者原工作单位：人民日报社广东分社。）

历史飞跃的画卷

朱水长

陈镇宏是一位受人敬重的老领导。我拿到他的评论文集初稿，立即拜读，产生一个强烈感受，即全书字里行间充满哲学辩证、逻辑思维、家国情怀。反复读了几遍，受益殊深。

改革开放以来，有关新闻报道的文集出版了很多，而有关新闻评论的文集则比较少见。新闻报道如消息、通讯，形象生动地反映了改革开放的历史进程，读来如历其境。新闻评论则是对新闻事件、社会出现的新问题的评论，只是对历史进程的抽象反映，但有时抽象比具体更真实。老陈这本评论集，敏锐地抓住并回答各个时期社会提出的问题，反映了广东改革开放过程中各种矛盾冲突，使全书成为展现广东历史飞跃的画卷。

从自制蜡烛到“三大件”变迁，通过对经济现象的观察升华为对改革开放的呐喊。改革开放前的广东，就经济状况和经济发展而言，连续14年发展速度低于全国平均水平，经济总量居全国中下水平。有数据为证，1978年，广东全省GDP为185.85亿元，占全国5.1%，人均GDP为370元，低于全国385元的平均水平。书中描写了用中药丸的蜡壳自制蜡烛照明的细节，对经历过那个年代的人来说感触是很深的。经济发展落后、物质严重匮乏，是那时广东的实际状况。改革开放如一声春雷，汇聚起改变中国的力量。广东以敢为人先的历史担当和胆略，“先走一步”取得了举世瞩目的发展成就，完成了从经济相对落后的农业省份到全国第一经济大省的跨越。作者从人们的生活变化中总结出“三大件”的变迁，即从手表、单车、缝纫机到黑白电视机、收录两用机、洗衣机，再到彩色电视机、音响组合机、电冰箱，说出了人人心中所有、人人笔下所无，令人信服。评论家当然并不就事论事，而是透过现象看本质，从经济现象中进一步升华，得出中央关于改革开放的政策是正确的结论，通过人民的美好生活变迁为改革开放呐喊，让人可感可信。

从改造旧校舍到改造二元经济结构，聚焦加快推进广东现代化建设。《“寒童”的呼唤》是作者的代表作之一，曾荣获1987年度全国好新闻二等奖、广东好新闻一等奖，虽然只有短短900多字，但影响力巨大。作者从村小学教室破漏与高级宾馆林立等现象对比中提出广东的未来取决于教育，要用抓宾馆的劲头抓校舍，使“寒童”能够专心读书学习的想法。文章发表的第二年，即1988年，广东省第六次党代会报告提出，要把振兴教育放在经济发展战略的首要位置。同年，省委、省政府还出台相关决定，明确全省教育改革和发展的战略目标和方针政策。省委、省政府的工作部署，可见“寒童”呼唤得非常及时。教育是一个民族最根本的事业，教育兴则国家兴，教育强则国家强。作者虽然写的是教育，但思考的是广东现代化。发展教育事业事关广东现代化，破除工业与农业分割、城市与农村分割的二元经济格局同样事关广东现代化。作者在《来一次城市“包围”农村》的评论中，关注到许多地方抓了工业而忽视农业，顾了城市而丢了农村，提出抓农村工业化促进农业现代化，抓城市发展带动农村发展，从而逐步消除工农差别和城乡差别的观点。这实际上是推动解决区域、城乡发展不平衡的重大问题，是广东加快推进现代化进程中需要快速补上的短板。老陈作为评论家，经常说，写评论要有针对性。就是说，写评论最忌故弄玄虚，要给人以触动、启发、警醒。作者的评论始终抓住现实生产生活中的问题，站位高，思考深，看得远，接地气，当然也就有影响力。

从用足政策到再造广东新优势，关注广东经济社会发展再上新台阶。改革开放之初，中央给予广东“特殊政策、灵活措施”，其实质就是国家在不可能给广东更多财力、物力支持情况下，给予广东在改革开放中较大的自主权，“让广东先走一步”，把经济尽快搞上去。广东创造性地运用中央赋予的政策，在“用足政策”上下功夫，却有人把“用足政策”异化为“钻政策的空子”，搞“上有政策、下有对策”。作者在深入调查研究的基础上，对“用足政策”的含意提出独到见解：“这就是正确理解政策的精神实质，充分发挥政策的威力，以推动社会生产力的发展。”从而划清了“用足政策”与“钻政策空子”“上有政策、下有对策”的界限，把感觉经验上升为理性认识，更加自觉地强化改革意识，更加积极地激发创造精神。1992年邓小平南方谈话后，广东改革开放的政策和经验向全国推广，这时“特殊政策”已经变为“普遍政策”，先发优势开始减弱，作者及时提出要再造广东新优势，在继续用足、用活政策的基础上，率先在建立市场经济新体制方面走出一条路子来。深化体制改革是广东赢得优势、再上新台阶的关键所在、动力所在。“再造广东新优势”，在当时是广东发展的关键词。作者始终把广东的发展放在全国大局中来思考，在省委机关报这个平台上，为广东经济社会发展再上新台阶鼓与呼。

从呼唤"君子"到呼唤奉献，思考物质文明和精神文明协调发展。一个地区的发展，不仅要经济增长，还要全面进步，即所谓物质文明和精神文明双丰收。作者认为，随着物质生活和文化生活的提高，要在社会倡导心灵美和仪表美的统一，营造和谐美好的世界。在关注经济增长的同时，作者始终关注要为完善市场经济秩序构筑深厚的社会心理基础。针对伪劣假冒、坑蒙拐骗现象，作者指出，"只讲索取、不讲奉献"的不良经济行为，不是市场经济所固有的，而是市场经济不成熟的表现，并且构成市场经济进一步发展的严重障碍。他强调，市场经济呼唤奉献精神，是越来越强烈了。作者厘清了社会上的一些模糊认识，旗帜鲜明地为社会主义市场经济正名，也提出了广东发展的根本性问题。广东的发展，不仅需要物的全面丰富，还需要人的全面发展，必须实现物质文明和精神文明相协调、相促进。作者经常讲，要有理论指导，这样看问题才系统、深刻、透彻，才不会人云亦云，才经得起时间检验。作者牢固掌握、熟练运用马克思主义唯物辩证法，理论功底深厚，看问题入木三分，或拨开迷雾、厘正视听，或大声疾呼、勇于建言，其作品具有穿越时空的独特价值。

（本文作者原工作单位：人民日报社广东分社。）